AKAMATSU & SEVEN

Story: SHOOWA
Art: Hiromasa Okujima

1

INHALT

STORY: SHOOWA
ART: Hiromasa Okujima

KRTT
AH!

Kapitel 1
Akamatsu & Seven

LOS, KÄMPFEN WIR. MANN GEGEN MANN!
DU SCHON WIEDER. WARTE KURZ!
MAMPF
MAMPF
KRSCH
TAPP
GUT, DANN KURBEL ICH MAL MEINE VERDAUUNG AN. KOMM HER!
DEINE BLÖDEN SPRÜCHE KANNST DU DIR SPAREN.
DIESMAL MACH ICH DICH FERTIG!
.W.

DAS ...
PAMM
... WILL ICH ...
WACK
SKRAAASH
... SEHEN!
Schau! Der hat schon wieder gewonnen!
K. O. NACH DREI SCHLÄGEN!
UH ... URGH ...

IHR HABT BESTIMMT WIEDER UM GELD GEWETTET.
GEBT MIR AUCH WAS AB!
OH.
HEUTE WILLST DU'S WISSEN, HM?
WUBB
WUBB
LASS GUT SEIN! WÄRE BLÖD, WENN DU AUS VERSEHEN DRAUFGEHST.
HMPF
ICH BIN AKAMATSU, 17 JAHRE UND MEIN VORNAME GEHT KEINEN WAS AN.
MEIN KÖRPER SPIELT GERADE VOLL VERRÜCKT.
HEIYAH! KOMM DU NUR HER!
Oh!
Oh!
ICH PLATZE JEDEN TAG VOR ENERGIE. MUSS DIE PUBERTÄT SEIN.

HEIYAH
ICH STEHE SO UNTER STROM, ICH WEISS GAR NICHT MEHR, WOHIN MIT ALL DER ENERGIE. ALS VENTIL HAB ICH MIR DIESEN TROTTEL HIER AUSGESUCHT, DER JEDEN TAG CURRY-BRÖTCHEN IM PARK VERDRÜCKT.
SO IST DAS. BIN NÄMLICH EINER VON DEN HARTEN.
GRR
DAS LEBEN IST SO ÖDE. ICH LANGWEIL MICH ZU TODE, WENN ICH NICHT IRGENDWO STRESS MACHEN KANN. ALLES IN MIR SCHREIT NACH EINER ORDENTLICHEN PRÜGELEI!
WOM
PP
HAH!
OH!

STRAAAHL
IST DAS ERSTE MAL, DASS DU BIS ZU MEINER SCHULTER GEKOMMEN BIST, AKAMATSU!
Echt? Yeah!
FWOCK
HIER, ICH WISCH DIR DEIN STRAHLEN AUS DER FRESSE!
WIE OFT DENN NOCH?
WENN MAN SICH ABLENKEN LÄSST, WAR'S DAS!
OKAY. SCHLUSS FÜR HEUTE.
MAN SIEHT SICH!

SHIT.
NERVT SCHON, DASS ICH NIE GEWINNE. TUT ABER TROTZDEM GUT, MAL DAMPF ABZULASSEN.
Hm?
ZUM ERSTEN MAL BIN ICH DIESER DREHENDEN CURRY-SEMMEL VOR ZEHN TAGEN BEGEGNET.
WRL
WRL WRL
Schneller! Noch schneller!
LEUTE, ICH ESS GERADE EIN CURRY-BRÖTCHEN. HÖRT IHR BITTE AUF DAMIT, SONST WIRD MIR NOCH SCHLECHT!
SELBST SCHULD, WENN DU ALS ERWACHSENER AUF UNSEREN SPIELPLATZ KOMMST! WIR HOLEN DICH DA RUNTER!
DU BIST SCHON GROSS, ABER EIGENTLICH BIST DU NOCH EIN KLEINES BABY!
Hm!
UND DEIN NAME ERST ...

HEY!
WARUM HÄNGST DU MIT DEN GNOMEN HIER AUF DEM SPIELPLATZ RUM? HAST DU SONST KEINE FREUNDE?
WER IST DAS?
?
GUTE FRAGE.
NICE! IN IHM HATTE ICH DAS PERFEKTE OPFER GEFUNDEN, UM DAMPF ABZULASSEN.
DUMM NUR, DASS ER STÄRKER IM ZURÜCK-SCHLAGEN WAR.
DU LUSCHI!
AN DEM TAG STRÖMTE MIR DAS BLUT WIE 'NE FONTÄNE AUS DER NASE UND MEIN GESICHT SAH AUS WIE EIN ZERQUETSCHTER DONUT, ABER DAS WAR'S MIR WERT.

*SCHÜSSEL REIS MIT EI UND HUHN

DU ...
... ISST ALSO NICHT NUR SEMMELN?
ÄH, NEIN?
HAB 1.000 YEN* MIT EINEM RUBBELLOS GEWONNEN.
SOJABOHNEN
50 % OFF
SOJABOHNEN
HEUT GÖNN ICH MIR ALSO MAL WAS.
Hat zumindest Proteine ...
DER GÖNNT SICH ... RUNTER-GESETZTE SOJABOHNEN?
HEY!
ICH WILL MORGEN 'NE REVANCHE!
KRIEGSTE.

*CA. 7,75 EURO

ermarket FUJI
Danke für Ihren Einkauf!
WOHNT DIE CURRY-SEMMEL HIER IN DER NÄHE?
ICH WAR SO IM SCHLABBER-MODUS, HAB GANZ VERGESSEN, DEM MEIN HARTES GANGSTER-GESICHT ZU ZEIGEN, ALS DER PLÖTZLICH VOR MIR STAND.
TAPP
TAPP
FWPP
Mama macht sich Sorgen. Antworte ihr doch mal auf ihre Nachrichten.
Shusuke

BATAMM
CHOP
CHOP
CHOP
BIEP
BIEP
KRCK
BWA-HA-HA!
WOING, WACKEL, WACKEL! WOING, WOING!
WOW!
DEN GAG RAFF ICH NICHT.

DING DONG
AISUKE!
DU SOLLST MEINEN VORNAMEN NICHT BENUTZEN, MANN!
WARUM DENN NICHT? IST DOCH EIN SUPERNAME! AI, LIEBE, LOVE, AMORE! LIEBE IN ALLEN SPRACHEN!
WAS GIBT'S DENN BESSERES? LIEBE WIRD UNSEREN PLANETEN RETTEN!
WENN DAS SO WÄRE, GÄBE ES KEINE VULKANAUSBRÜCHE UND KEINE ERDBEBEN!
Das passiert nur, weil es nicht genug Liebe gibt!
Ja, schon klar.
ICH WÜRD GERN DEN LIEBESVORRAT DER WELT MIT MEINER FREUNDIN AUFSTOCKEN, ABER WIR HABEN KEINE KOHLE FÜRS HOTEL.
ÜBERLÄSST DU UNS DEINE BUDE?
JA, FÜR 1.000 YEN PRO STUNDE.

ALTER! DAS IST JA TEURER ALS EINE STUNDE KARAOKE!
KÖNNT JA ZU 'NEM BILLIGEREN LADEN GEHEN. ZU EINEM, WO SO LOSER RUMHÄNGEN, DIE SO TUN, ALS HÄTTEN SIE 'NEN JOB. DIE FREUEN SICH ÜBER EURE SHOW.
ACH, UND MEINE WOHNUNG IST ÜBELST HELLHÖRIG.
WENN DEINE TUSSI LAUT RUMSTÖHNT, VERGISS ES!
Mein Onkel nebenan würde denken, dass ich jemanden mitgebracht hab.
Und ich hab keinen Bock, dass er das meiner Mutter sagt.
UND AM MEISTEN FREU ICH MICH JA DANN AUF EUREN SCHWEISS UND DEIN SPERMA AUF MEINEM FUTON ...
Von deinem Saft ganz zu schweigen!
WEISST DU, WIE EKLIG DAS IST, IN DEN AUSDÜNSTUNGEN VON JEMAND ANDEREM ZU PENNEN?
SIEH ES EINFACH SO, DASS WIR UNSERE LIEBE MIT DIR TEILEN.
DU NOTGEILER SACK VERPISST DICH JETZT, ODER ICH KLATSCH DIR EINE!
KOMM SCHON! SEI DOCH NICHT SOOO!
...
ICH HELF DIR AUCH AUS DER PATSCHE, WENN DU MICH MAL BRAUCHST!
BITTE, BITTE! 500 YEN PRO STUNDE!

SCHEISS DRAUF. SOLLEN DIE HALT IN MEINER WOHNUNG BETTAKROBATIK MACHEN.
DEN EKEL VOR MEINEM VOLLGEROTZTEN FUTON NACHHER LASS ICH EINFACH AN DER CURRY-SEMMEL AUS!
FWSH
FWSH
WÄSCHT DER IM WASCHBECKEN DER PARK-TOILETTE ...
... SEINE KLAMOTTEN?
FWSH FWSH
HM?
SSST
WUBB
DER WISCHT DAS RECK AB ...
F-T-T F-T-T
TADAAA
... UND NUTZT ES ALS WÄSCHE-STANGE?!

WARUM HÄNGT DER SEMMELDÖDEL ...
... SEINE WÄSCHE IM PARK AUF?
SO... SOGAR SEINE UNTERHOSEN?
DEN VERHEIRATETEN MUTTIS DA DRÜBEN ...
... GEHT JA VOLL EINER AB!
DEIN ERNST? DEINE UNTERHOSEN IM PARK AUFZUHÄNGEN, GEHT ECHT ZU WEIT!
SELBST EIN KRASSER TYP WIE ICH HAT SEINE GRENZEN.
IS JA PERVERS!
YO!
DA SIND WIIIR!
NA SUPER, SEINE BABYGANG IST AUCH DA.
Woing! Woing!
Woing! Wackel, wackel!
DER GAG, DEN ICH NICHT SCHNALLE?!

DER SEMMEL-DÖDEL IST ALSO NICHT NUR STARK. ER IST AUCH VOLL DER PERVERSE.
Der andere Typ ist noch nicht da? Dann dreh ich kurz 'ne Runde.
NACH 'NEM PERVERSEN RIECHT DER ABER NICHT. IRGENDWIE RIECHT DER EIGENTLICH GANZ IN ORDNUNG.
LOWSAN
RED HOT CHILI PEPPERS IN JAPAN

WAS ZUR HÖLLE, SEMMEL-DÖDEL! ARBEITEST DU ETWA FÜR DIE WOHLFAHRT?
DER LADEN-BESITZER WAR GEIZIG.
TUT MIR LEID, MEHR GAB'S HEUTE NICHT.
ER GEHT ZURÜCK ZUM PARK.
BIN WIEDER DA.
HIHO.
IST ER INZWISCHEN AUFGE-TAUCHT?
NOCH NICHT.
VERSTEHE.
GUT, DANN HAU ICH MICH 'NE RUNDE AUFS OHR.
WECKT MICH, WENN ER KOMMT.
LECK MICH FETT!
WO KOMMEN DIE BETONROHRE AUF EINMAL HER?
ODER WAREN DIE SCHON IMMER HIER, UND ICH HAB SIE NUR NIE BEMERKT?

HÄNGT WÄSCHE AUF ...
... IM PARK.
BEKOMMT GRATIS ESSEN ...
... BEIM SUPER-MARKT.
PENNT ...
... IN EINEM BETON-ROHR.
FÜR HEUTE BIN ICH RAUS.
Das ist mir alles zu viel.
ICH WUSSTE, DIE WÜRDEN MEINEN HEI-LIGEN FUTON BESCHMUTZEN!
SHIT! IRGENDWIE MACHT MICH ...
... DAS GANZ SCHÖN GEIL!
Wenn ich dran denke, was die hier getrieben haben ...
FWAP
FWAP

ICH KRIEG DIESES ROHR NICHT MEHR AUS DEM KOPF ...
RMB
RMB
RMB
IRGENDWAS STIMMT NICHT.
ARGH, ICH KANN NICHT.
KH ...
TIPPEL
SEINE FÜSSE GUCKEN RAUS.

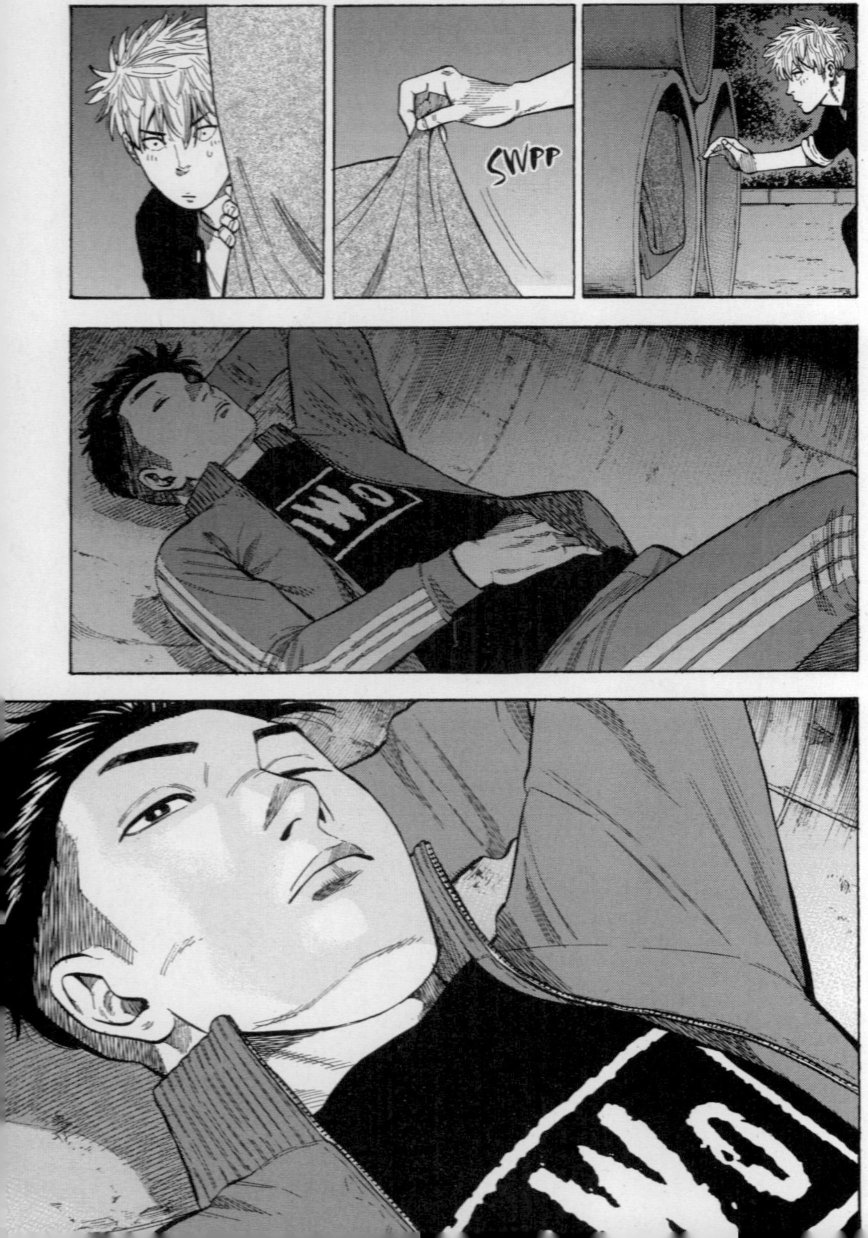
SWPP

WOAAAH!
WO
MM
AKAMATSU ...?
UH ...
ÄH ...
BIST ECHT SPÄT HEUTE.
OH ...
JA ...
SORRY, ABER ICH MUSS MORGEN FRÜH ARBEITEN.
LASS MICH PENNEN.
ZZZZZ

ELENDER SEMMEL-DÖDEL!
ELENDER ICH-HÄNG-MEINE-UNTERHOSE-ANS-RECK-UND-PENN-IN-EINEM-BETONROHR-DÖDEL!
PUH, WIRD JA IMMER LÄNGER ...
SAG MAL, ALTER ...
BIST DU AUS DER ZUKUNFT, ODER SO?
...
WIE KOMMSTE DA DRAUF?

ALS ICH KLEIN WAR, HAT DER ALTE MANN VON DEM ÖFFENTLICHEN BAD IN MEINER NACHBARSCHAFT MAL GESAGT, ...
... DASS LEUTE, DIE IN ROHREN LEBEN, EINER ANDEREN SPEZIES ANGEHÖREN. UND DU LEBST IN 'NEM ROHR.
DA IST ABER JEMAND NAIV.
AUSSERDEM HAB ICH GEHÖRT, DASS DU IN EINER BÄCKEREI ARBEITEST ...
... UND DESWEGEN IMMER CURRY-BRÖTCHEN ISST.
DER BUSCHFUNK FUNKTIONIERT JA PRIMA.
WOHNST DU HIER IM PARK?
JA, VORLÄUFIG SCHON IRGENDWIE.
ABER DU BIST BESTIMMT NICHT ZUM QUATSCHEN HIER.
KOMM.
LASS UNS KÄMPFEN!

DA IST SIE WIEDER. DIESE AUFREGUNG, DIE MICH IMMER SCHIER ZUM PLATZEN BRINGT, WENN ICH HIERHERKOMME. UND DANN IST DA NOCH WAS ANDERES ...
IRGENDEIN DÜSTERES GEFÜHL.
ABER KEIN PROBLEM. ICH LASS EINFACH BEIDES RAUS ...
MEINE GANZE AUFREGUNG ...
... UND WAS AUCH IMMER DAS ANDERE IST!
FWO
CK

SKRA
SH
BEKANNTMACH
ATZES
WENN ICH MICH MIT IHM PRÜGLE, LÖSEN SICH MEINE PROBLEME IN LUFT AUF UND ICH KANN RUHIG EINSCHLAFEN.

SIEH MAL AN, SIE NEHMEN DIE ALTEN BETONROHRE MIT! DIE HATTEN WAS.
JA, ABER IN LETZTER ZEIT SOLL EIN OBDACHLOSER DARIN GEHAUST HABEN.
WAS? ETWA DIESER JUNGE MANN?
WAS? DER WAR DOCH IMMER SO SÜSS!
HERR TANAKA HAT GESEHEN, WIE ER SICH MIT EINEM ANDEREN GEPRÜGELT HAT.
VIELLEICHT HAT ER JA AUCH DIE KINDER AUF DEM SPIELPLATZ BELÄSTIGT.
Urgh, blöde Klatschweiber!
MEINST DU? SO SAH ER GAR NICHT AUS.

SIE HABEN JA KEINE AHNUNG!
WAH!
NICHT, DASS ICH EINE HÄTTE. ICH PRÜGLE MICH JA NUR MIT IHM.
WAS HAST DU JETZT VOR?

MUSS MIR WOHL ...
... 'NEN ANDEREN ORT ZUM PENNEN SUCHEN.
HAST DU KEINE FAMILIE ODER EIN ZUHAUSE?
NÖ.
...
UND WAS WIRD AUS UNSEREN KÄMPFEN?
SUCH DIR WEN ANDERS!
ABER AUSSER DIR KANN NIEMAND MIT MIR MITHALTEN!
CIAO!
DU HAST MICH NOCH KEIN EINZIGES MAL GESCHLAGEN!
HMPF
GENAU DARUM GEHT'S DOCH!

NA SCHÖN.
DANN LASS UNS DAS KLÄREN.
EIN FÜR ALLE MAL. SCHADE, DASS ES NICHT REGNET.
DAS WÜRDE UNSEREN LETZTEN KAMPF VIEL DRAMATISCHER MACHEN.
KRCK
KRCK
RMB
RMB
RMB
BLPP
BLPP
FSSSH
RMB
RMB
RMB
HEILIGE SCHEISSE, MANN!

WUSSTE ICH'S DOCH! DU BIST EIN ROBOTER AUS DER ZUKUNFT!
ICH BIN KEIN ROBOTER!
DU BIST ÜBELST STARK ...
... UND HÄNGST ÖFFENTLICH DEINE UNTER-HOSEN AUF!
SEIT WANN TRAGEN ROBOTER UNTERWÄSCHE?
EIN ZUHAUSE HAST DU AUCH KEINS!
KRATT
WER ODER WAS ZUR HÖLLE BIST DU ALSO?!

SEVEN.
PAMM
HÄ?
GRPP
GRPP
SEVEN KANZAKI.
SO HEISSE ICH.

FWOCK
FSSSH
DU SOLLST DICH NICHT ABLENKEN LASSEN, VERDAMMT! WIE OFT DENN NOCH?
SEVEN.
SEVEN.
SEVEN.

IST JA NOCH BEKLOPPTER ALS MEIN VORNAME.
BIS DANN!
ARGH, JETZT SIND MEINE KLAMOTTEN SCHON WIEDER DRECKIG!
SEINE SCHLÄGE BERUHIGEN MICH.
WARTE MAL, SEVEN.
KANNST MIT ZU MIR KOMMEN, WENN DU WILLST.
KANNST AUCH MEINE WASCHMASCHINE BENUTZEN.
Kapitel 1 – Ende

Kapitel 2
Akamatsu & Seven

WAMM
WAMM
WAMM
WAMM
Maunz!
HIER, ZIEH DAS AN.
FLAPP

WOHNST DU ALLEIN?
JEPP.
GRGL GRGL
PÄH!
PFLANZ DICH HIN.
GEHST DU NICHT NOCH ZUR SCHULE? WIE BEZAHLST DU DIE MIETE?
DIE WOHNUNG GEHÖRT MEINEM ONKEL, DER WOHNT IM GEBÄUDE NEBENAN. ER WAR SO NETT, MICH HIER ERST MAL WOHNEN ZU LASSEN.
ALSO UMSONST?
NÖ.
MEINE ELTERN BEZAHLEN EINEN TEIL UND FÜR DEN REST GEH ICH DREIMAL DIE WOCHE ARBEITEN.
QUATSCH!
BEEIN-DRUCKEND.
UND WAS IST MIT DIR? WARUM HAST DU IN DEM BETONROHR GEPENNT? BIST DU OBDACHLOS?

SCHÄTZE JA. SIEHT SO AUS.
WO WARST DU DAVOR?
!
NA JA, IN SO 'NER ART EINRICHTUNG ...
STRAHL
ALTER, DEIN ERNST? BEI DER RAUMFAHRTBEHÖRDE? ODER EINER FORSCHUNGS-EINRICHTUNG FÜR ALIENS?
SEI DOCH NICHT IMMER SO NAIV!
ES WAR EHER EINE ART ZUFLUCHTSORT FÜR JUGENDLICHE. DAS HAT DANN ABER IRGENDWANN NICHT MEHR SO GEPASST, ALSO BIN ICH DA WEG.
NYAN
UFF!
ICH MUSS LOS ZUR ARBEIT.
WIR REDEN SPÄTER WEITER.

DER WASCH-MASCHINENRAUM IM ERDGESCHOSS IST NUR BIS 18 UHR GEÖFFNET, DANACH SCHLIESST DER VERMIETER IHN AB. ALSO SIEH ZU, DASS DU DEINE SACHEN BIS DAHIN RAUSHOLST.
HEY! UND ICH KANN WIRKLICH HIERBLEIBEN?
WO WILLST DU DENN SONST HIN? BIN GEGEN 22:30 ZURÜCK.
WEHE, DU KLAUST MEINE WERTSACHEN!
ALS OB DU WELCHE HÄTTEST!
UND SCHWITZ BLOSS NICHT MEINEN FUTON VOLL!
UND WAGE ES NICHT, MEINEN KÜHLSCHRANK ZU PLÜNDERN!
CIAO.
BATAMM

PUH!
NYAN
ICH BIN IM HIMMEL.
EINS FRAGE ICH MICH WIRKLICH.
WARUM HAB ICH MEINEN FEIND IN MEIN ZUHAUSE GELASSEN?
居酒屋
AWAII

ES WAR KEIN MITLEID.
AKAMATSU, KOMM IN DIE KÜCHE!
SCHON DABEI!
ES HAT SICH HALT SO ERGEBEN.
NIMM DIE BESTELLUNGEN AUF!
AYE, SIR!
Go To HAWAII
WILLKOMMEN, ALOHA!
SO EINEN ROBUSTEN BOXSACK ZUM AUSPOWERN FINDET MAN JA NICHT ALLE TAGE.
WERTE DAME, WERTER HERR. DARF'S DENN SCHON WAS ZU TRINKEN SEIN?
ÄH, VORERST ZWEI BIER, BITTE.
ALLES KLAR, ALOHA! ZWEIMAL BALLERBRÜHE, KOMMT SOFORT!
ZUMINDEST KOMMT MIR DAS SO VOR.
WÄRE ÄTZEND GEWESEN, EINEN NEUEN ZU SUCHEN, WENN ICH IHN VERLOREN HÄTTE.
DU KANNST DIE BESTELLUNG RUHIG AUCH NORMAL AUFNEHMEN, AKAMATSU.
ZWEI KÜHLE BITTE!
SCHÖNEN FEIERABEND!
ALSO ECHT, WAS IST SCHON „NORMAL“!
MANCHE HÄNGEN UNTERHOSEN IM PARK AUF, ALS WÄRE ES DAS NORMALSTE.

GRINS
WIE AUCH IMMER, DARÜBER DENK ICH NACH, NACHDEM WIR UNS MORGEN ORDENTLICH GEPRÜGELT HABEN!
Den schick ich ihn mit einem Schlag auf die Bretter!
BATAMM
BIN WIEDER DA.
PENNST DU?
BIBBER BIBBER BIBBER
WAS?! HEY! WAS STIMMT NICHT MIT DIR, DU VOGEL?!
BIBBER
BIBBER
MIAAAAAAU
GLAUB, ICH HAB MICH ERKÄLTET. MIR IST SO KALT …
NICHT DEIN BESCHISSENER ERNST, ODER?
DU HAST EWIG IM FREIEN GEPENNT UND AUSGERECHNET JETZT ERKÄLTEST DU DICH?
DER REGEN UND DER WIND SIND SCHULD …
UH!

WARUM BENUTZT DU IDIOT NICHT MEINEN FUTON?
BOFF
BOFF
WEIL DU'S MIR VERBOTEN HAST!
SO WAR DAS NICHT GEMEINT! BENUTZ IHN DOCH EINFACH, MANN!
SO SCHWER ...
WEHE, DU VERRECKST JETZT, DU BLÖDER PERVERSER SACK! ICH LASS DICH ERST STERBEN, NACHDEM DU MIR NOCH MAL EINE GESCHEUERT HAST!
ICH HEISSE SEVEN ...
ICH HOL DIR MEDIZIN!
WARTE HIER!
AKA...
TATAPP
STIRB NIIICHT!
DING DONG
DING DONG
DING DONG
AISUKE, WAS IST DENN LOS?
SORRY FÜR DIE SPÄTE STÖRUNG, ONKEL.
KANNST DU MIR MEDIZIN BORGEN?

DER PERVER...
DER ROBO...
EIN FREUND VON MIR LIEGT IM STERBEN!
BERUHIG DICH ERST MAL!
Eine Erkältung? Hier, nimm das mit.
Danke, Onkel!
Jetzt nimm endlich die Medizin und zieh 'ne Maske über!
MEIN ONKEL SAGT, EINE ERKÄLTUNG IST DIE WURZEL ALLER KRANK-HEITEN.
ICH MUSS NUR EINMAL GUT SCHLAFEN, DANN WIRD DAS WIEDER.
DU WIRST SCHLEUNIGST GESUND UND DANN PRÜGELN WIR UNS, DU PERVERSER SACK!
ERST, WENN DU MICH SEVEN NENNST. KAPIERT?
UFF!
BIN NOCH VIEL KAPUTTER ALS SONST.

KOMM MIT AUF DEN FUTON.
NEIN, DER GEHÖRT HEUT DIR.
WERD EINFACH GESUND.
HATSCHI!
IST MIR KALT!
ICH WILL NUR ...
... MEINEN FUTON!
Hm? In meinem Futon ... ist ja jemand.
TJA.
KULLER KULLER
KULLER

TSCHILP TSCHILP
Kalt hier!

Pwaaah, hab ich gut geschlafen!
HAB HUNGER.
ICH DUSCH MAL.
HIMM-LISCH!
FSSSH

EIN PAAR DER TABLETTEN NEHM ICH MIT.
Sonst schaff ich die Schicht auf der Arbeit nie.
HE, AKAMATSU! ICH SCHMEISS DEN SCHLÜSSEL DANN DURCH DEN BRIEFKASTENSCHLITZ.
OH, UND ICH LEIH MIR EIN PAAR KLAMOTTEN.
HMM ...
HÄ? MÜSSTE DOCH HIER SEIN, ODER?

HALLO, TAKANAMI? DAS WAR DOCH DIE FALSCHE STELLE. ICH SCHAU MICH WEITER UM.
HIER MÜSSTE ES DOCH BETONROHRE GEBEN. VIEL-LEICHT BIN ICH DOCH NICHT RICHTIG?
Hatschi!
ÖCHÖ
ÖCHÖ
NA SUPER, JETZT HAB ICH SEINE ERKÄLTUNG!

BLÖDER ARSCH! DEN REISS ICH IN STÜCKE, WENN ER HEIMKOMMT!
WAS SAG ICH DA ÜBERHAUPT, DER WOHNT JA NICHT MAL HIER! VIELLEICHT KOMMT ER JA EH NIE WIEDER.
BIN ERKÄLTET
DANN SCHWÄNZ!
MACH ICH
ABER SEINE JACKE IST NOCH HIER. DIE HOLT ER BESTIMMT AB.
TOCK
TOCK
BLIMM
ER IST HEIMGEKOMMEN!
SCHWANK SCHWANK
ALTER, DU KANNST WAS ERLEBEN ...
TOCK
TOCK

RSCH RSCH
TOCK TOCK TOCK TOCK
DAS HIER HING AN DER TÜR.

STRAAAHL
ER IST ZURÜCK!
STRAHL DOCH NICHT IMMER SO WIE EIN HONIG-KUCHENPFERD, MANN! UND SAG NICHT, ICH HAB DICH ANGESTECKT?
BATAMM
UGH UGH
DOCH, HAST DU! DEINET-WEGEN HAT'S MICH JETZT AUCH ERWISCHT!
WOLLTE EIGENTLICH NUR MEINE JACKE HOLEN ... KOMM, ICH KOCH DIR WAS!
DU HAST KEINEN OFEN, ODER?
OH, DA SIND JA 'N HAUFEN RESTE IM KÜHL-SCHRANK.
ICH MACH UNS WAS WARM.
WOMP
HÖR AUF, MICH ZU TRETEN!
KÄMPF ... KÄMPF GEGEN MICH!
HFFF HFFF
DU LEGST DICH JETZT SCHÖN BRAV HIN!
Du bist krank, und zwar nicht nur körperlich!

ISS DU AUCH WAS MIT! SO VIEL SCHAFF ICH NICHT ALLEIN.
PLOPP
WER HAT DAS ALLES GEKOCHT?
...
AUF EINMAL SO STILL?
Dein Onkel hat gesagt, du bist erkältet? Pass gut auf dich auf!
Mum

HAB DAS GEFÜHL, SEIT EWIGKEITEN MAL WIEDER WAS NAHRHAFTES GEGESSEN ZU HABEN.
Das war lecker!
BIST DU SCHON WIEDER KOMPLETT GESUND?
WIE GESAGT, ICH MUSSTE NUR MAL ORDENTLICH SCHLAFEN.
ICH GEH JETZT.
FWPP
HAST DU DENN 'NEN NEUEN SCHLAFPLATZ GEFUNDEN?
NÖ ... ABER WIRD SCHON IRGENDWIE.
KANNST AUCH NOCH ZWEI, DREI NÄCHTE HIERBLEIBEN. WILL AUCH KEINE MIETE, WENN DU GEGEN MICH KÄMPFST.
LIEBER NICHT, SONST STECK ICH MICH NOCH BEI DIR AN.
ALTER, VON WEM HAB ICH DIE SCHEISS-ERKÄLTUNG DENN BITTE?
AUSSERDEM IST AUF DEM FUTON EINFACH KEIN PLATZ FÜR ZWEI UND ICH HAB KEINEN BOCK, DASS MEINE ERKÄLTUNG WIEDER SCHLIMMER WIRD.
WIE MEINST DU DAS?

DU BIST GESTERN NACHT ZU MIR UNTER DIE DECKE GEKOMMEN.
KEIN WUNDER, WAR JA AUCH ARSCHKALT.
UND IST JA AUCH DEIN FUTON.
ALS OB ICH DAS TUN WÜRDE!
DU HAST MICH HEUT MORGEN ZUGEDECKT, ALS DU AUFGESTANDEN BIST, WEIL DU EINER VON DER GANZ NETTEN SORTE BIST.
DU HÄLTST JA ECHT VIEL VON MIR.
ICH HAB NOCH KLAMOTTEN VON DIR. GIB MIR DEINE WÄSCHE, DANN WERF ICH ALLES ZUSAMMEN IN DIE MASCHINE. UND ZUM DANK MACH ICH AUCH NOCH SAUBER.
FSSSSSSH

BATAMM
NA SCHÖN, ICH BLEIB NOCH EINE NACHT.
TSSH
AHA.
BLEIBT NOCH DIE SCHLAFSITUATION. HEUTE KRIEGT EINER DEN FUTON UND DER ANDERE DIE DECKE.
GLEICH-STAND, ALSO GIBT'S ...
SCHERE, STEIN, PAPIER!

UND NOCH EINEN!
WOCK
... EINEN EXTRA!
PZATT
!
IST JA EKLIG!
FR
TT
UND NOCH EIN...
HATSCHI!
ÜBRIGENS HABE ICH ZWEIMAL DEINE SCHLÄGE MIT PAPIER GEBLOCKT UND SOMIT GEWONNEN.
DAS IST UNFAIR! DIE EXTRARUNDEN ZÄHLEN NICHT ZUM SPIEL!
ACH, ABER MIR ZWEIMAL EINE REINZUHAUEN IST OKAY?
KEINE AHNUNG, OB DAS TEIL DEINER STRATEGIE WAR, MICH ANZUROTZEN, ABER WARUM ...
... SPAREN WIR UNS DAS NICHT UND PENNEN EINFACH ZU ZWEIT AUF DEM FUTON?

MIT 'NEM FREMDEN DEN FUTON ZU TEILEN, IST SCHON ECHT STRANGE.
TU DOCH NICHT SO, WIR HABEN SCHON GESTERN ZUSAMMEN GESCHLAFEN.
FORMULIER DAS BITTE UM!
GIBT SCHLIMMERES. HAUPTSACHE WIR HABEN'S BEIDE WARM.
ODER?
...
ICH PROBIER MAL KOPF AN FUSS.
URKS, IST JA NOCH SCHLIM-MER!

FINDEST DU'S SO SCHLIMM, NEBEN JEMANDEM ZU SCHLAFEN?
WO ICH HERKOMME, IST ES TOTAL NORMAL, DASS ALLE AUS DER FAMILIE DICHT BEISAMMEN SCHLAFEN.
BIST DU VON 'NEM STAMM AM AMAZONAS, ODER WAS?
HA HA!
KÖNNTE SEIN, JA.
DAS ERINNERT MICH IRGENDWIE AN FRÜHER.

TSCHILP
TSCHILP

MAL 'NE EXISTENTIELLE FRAGE.
AN WELCHEM TAG KRIEGST DU DEIN GEHALT?
ICH GLAUBE ...
... AM 25.
HNGH
DANN KOMMT EIN ZWEITER FUTON HER!
HM!
UND LASS UNS DIE BUDE AUSRÄUCHERN!
KHFF
KHFF
KHFF
KHFF
WIESO DAS?
MACHT MAN SO AM AMAZONAS.
ERKÄLTUNG X 2
Kapitel 2 – Ende

AKAMATSU
& SEVEN

Kapitel 3
Akamatsu &
Seven

TMPP
TMPP
IST JA WIDERLICH, WAS FÜR 'NE DRECKSBRÜHE AUS DEM FUTON RAUSKOMMT!
TMPP
TMPP
HUOOOH!
TCH TCH TCH TCH
BIN WIEDER DA!
SUPER TIMING! HILF MIR, DEN FUTON AUSZUWRINGEN!
UWF
MITBEWOHNER-TEAMARBEIT NUMMER 1: FUTON AUSWRINGEN

WASCHSALON
Zweigstelle Otaka
BITTE KOMM SO WIEDER, WIE DU WARST, BEVOR WIR DICH MIT SCHWEISS UND BAZILLEN VOLLGESUPPT HABEN!
KOMM BITTE FLAUSCHIG WIEDER DA RAUS!
Du warst so schwer...
RMPP
RMPP
GEHEN WIR EINKAUFEN, WÄHREND DER FUTON TROCKNET.
OKAY, WIR HABEN RÄUCHERKEGEL, TASCHENTÜCHER UND ZUR SICHERHEIT NOCH MEHR MEDIZIN.
WIR HABEN NOCH 30 MINUTEN. BIS ZU DEM PARK WÄR'S ZU WEIT, ALSO LASS ES UNS HIER TUN.
UWF
YEAH!
ICH BIN BEREIT. LOS GEHT'S!

ABER NICHT ÜBERTREIBEN, WIR HABEN HEUT NOCH HAUFENWEISE ZEUG ZU ERLEDIGEN!
UND KEINE SCHLÄGE INS GESICHT, OKAY?
NICHT ÜBERTREIBEN? DU KANNST MICH MAL! MEINE SCHLÄGE BE-STIMMEN SELBST, WO SIE LANDEN!
GENESUNGS-FIGHT!
BEIDE WIEDER FIT WIE EIN TURNSCHUH!

DER WIEVIELTE IST HEUTE NOCH MAL?
DER 27.
ACH ECHT? WIE DIE ZEIT VERFLIEGT.
DANN SIND SEVEN UND SACHIKO JA SCHON SEIT EINEM HALBEN MONAT VER-SCHWUNDEN.
IMMER NOCH NICHTS?
WIR HABEN GETRENNT DIE GEGEND DURCH-KÄMMT, ...
... ABER IMMER NOCH KEINE SPUR.
SEVEN HAT VOR ZEHN TAGEN NOCH IWATSUKI UM GELD ANGEPUMPT. DAS WAR DIE LETZTE INFO VON IHM.
ICH HAB IWATSUKI DAS GELD ZURÜCK-GEZAHLT.
WENN DER EIGENE ZÖGLING SCHULDEN MACHT, MUSS MAN DAFÜR GERADESTEHEN. EGAL, OB MAN WEISS, WO ER SICH RUMTREIBT, ODER NICHT.

WEISST DU, HAKO ...
ICH HAB'S SCHON OFT GESAGT, ABER ICH SAG'S GERN NOCH MAL: WENN DER ELEFANT BEI EINEM BLEIBEN SOLL, MUSS MAN IHN ALS KIND AN EINEM BAUM FESTBINDEN.
ANSONSTEN LÄUFT ER DAVON, WENN ER ERWACHSEN IST. UND GENAU SO WAR'S BEI SEVEN. DER IST OHNE HALSBAND AUFGE-WACHSEN.
ICH HÄTTE JA GEDACHT, DASS SEVEN NACH EIN PAAR TAGEN WIEDER ZURÜCKKOMMT.
WENN WIR IHN FINDEN, WIRST DU DIR IN RUHE ANHÖREN, WAS ER ZU SAGEN HAT. ICH WILL NICHT, DASS DU DANN DURCHDREHST, KAPIERT?!
SEVEN IST NUN MAL KEIN KLEINER JUNGE MEHR. ER WIRD EIGENE PLÄNE FÜR SEIN LEBEN HABEN. DENNOCH WÄRE ES LÄSTIG, WENN ER IRGENDWANN ZU DEN BULLEN RENNT.
OB SIE DA DRAUSSEN WOHL ÜBER DIE RUNDEN KOMMT?
ICH MACH MIR EHER SORGEN UM SACHIKO.
TSK, OKAY!

DIE MACHT'S OHNE FREMDE HILFE DOCH KEINE ZWEI WOCHEN!
JA. SO SCHADE DAS IST, WIR BRAUCHEN WOHL EINE NEUE.
HERR TAKASU, WIR HAUEN AB.
IST GUT.
WIR HABEN GEHÖRT, DASS SICH JEMAND, DER WIE SEVEN AUSSIEHT, IM OTAKA-BEZIRK AUFHÄLT. WIR WERDEN DA MAL NACHSEHEN.
UND WO GENAU WOLLT IHR IHN SUCHEN?
DAS WEISST DU NICHT, HAKO? ACH, STIMMT JA, DU WARST JA NICHT SEIN BABYSITTER, WOHER SOLLST DU DAS AUCH WISSEN.
ES GIBT DA EINEN ORT, AN DEN ER SONNTAGS IMMER GEHT.
UND WELCHEN?

SHOPPING!
TADAAA
UWF

MEINE FRESSE ... ICH GEH EIN IN DIESEN MENSCHEN-MASSEN!
DESHALB WOLLTE ICH VORHIN HALBLANG MACHEN! EINKAUFEN AM SONNTAG IST WIRKLICH KEIN WITZ, DAS ZEHRT AN DEN KRÄFTEN WIE BLÖD!
WIR KÖNNTEN JA AUCH EINFACH UNTER DER WOCHE NOCH MAL HERKOMMEN.
Wir holen einen Futon und greifen noch all die Extras ab!
BEIM NATORI GIBT'S SONNTAGS EINE AKTION, WO MAN AB EINEM EINKAUFSWERT VON 5.000 YEN UMSONST NOCH 'NE LADUNG SALZPFLAUMEN DAZUBEKOMMT.
ACH, DESHALB SIND WIR HEUTE HIER?
Lotterielos
1 Los pro
10 Artikel
ICH KAUF AUCH NOCH KLAMOTTEN, VIELLEICHT REICHT'S SOGAR FÜR EIN LOTTERIELOS!
DU BIST JA VOLL DER PROFI!
ICH KAUF NUR SACHEN, DIE ICH WIRKLICH BRAUCHE!
MAG JA SEIN, ABER ...
STOPP. DREHEN WIR DIE ZEIT ZWEI TAGE ZURÜCK.

WÄHREND SEVEN UND ICH ZUHAUSE UNSERE ERKÄLTUNG AUSKURIERTEN, HABEN WIR ÜBER VIELES GEREDET. ALS WIR ENDLICH WIEDER AUF DEM DAMM WAREN, BRACH ES AUF EINMAL AUS SEVEN HERAUS ...
DREI MONATE!
BITTE LASS MICH DREI MONATE HIER WOHNEN.
ICH WEISS, BEI ZWEI TYPEN WERDEN DIE NEBENKOSTEN ORDENTLICH STEIGEN, ...
... ABER ICH ZAHL MEINEN TEIL UND WERD VERSUCHEN, DIR KEINE LAST ZU SEIN.
AUSSER-DEM KANN ICH DIR BEIBRINGEN, WIE MAN KÄMPFT.
UND ICH ZAHL DIE HÄLFTE VOM ESSEN.
WENN DU PRIVATSPHÄRE BRAUCHST, SAG'S EINFACH, DANN GEH ICH MIR DIE BEINE VERTRETEN.
WAS MEINST DU?

Na ja, warum auch nicht. Was soll schon passieren?
ALS OB ICH 'NE WAHL HÄTTE! DER HAT JA SONST KEIN DACH ÜBERM KOPF!
WOHAAA
IST DAS DEIN ERNST? DAS WILLST DU KAUFEN?!
KOSTET NUR 480 YEN*.
UND DIE SONNENBRILLE?
DIE GIBT'S DAZU.
DAZU?!
ALTER! DENK DOCH ERST MAL NACH, WARUM DAS WOHL SO BILLIG IST!
WAS SOLL DARAN JETZT SCHLIMMER SEIN ALS DEIN KATZEN-PULLI?
DER TUT WENIGSTENS GAR NICHT ERST SO, ALS WÄRE ER COOL!
IM VERGLEICH ZU DIESEM HEMD!
...
WAS HAT DER NUR FÜR EINEN MODE-GESCHMACK?!
Ich muss das ja nicht tragen, also kann's mir eigentlich egal sein.
Der Typ hängt auch seine Unterhosen im Park auf. Das juckt den einen Scheiß!
*CA. 3,90 EURO

Oh! Das würde dir stehen! Hier!
780 Yen, also noch im Budget!
HÖR MAL, WARUM KAUFST DU DAS NICHT FÜR BESONDERE ANLÄSSE UND FÜR DEN ALLTAG KÖNNTEST DU DAS HIER MITNEHMEN?
DAS KÖNNTEST DU GUT MIT DEINER JACKE KOMBINIEREN, ODER AUCH MIT MEINEN SHORTS.
PATT
REGELÄNDERUNG: WENN DU BEI MIR WOHNST, MUSST DU EIN KLEIDUNGSSTÜCK KAUFEN, DAS ICH RAUSGESUCHT HABE! IST NICHT ZU VIEL VERLANGT, ODER?
WARUM? ICH BEZAHLE DAFÜR, ALSO VERSTEHE ICH NICHT, WARUM DU DAS ENTSCHEIDEN SOLLTEST.
Von meinem hart verdienten Geld?
NA SCHÖN, WIE WÄR'S HIERMIT? WENN DU EINE DER DREI VERTEIDIGUNGS-TECHNIKEN HINKRIEGST, DIE ICH DIR HEUTE BEIGEBRACHT HAB, DARFST DU AUS-SUCHEN, WELCHE KLAMOTTEN ICH KAUFE.
YEAH!
DANN SCHMEISS DIE HIER NOCH DAZU!
MEINET-WEGEN.

DZOPP
Fight!
WATSCH
FWOCK
PAMM
PFT!
UWF

WENN DU MIT LINKS ZUSCHLÄGST, IST DEINE DECKUNG NACH WIE VOR KOMPLETT OFFEN UND TROTZDEM HAST DU DIE TECHNIK MIT NUR EINEM MAL VERINNERLICHT? NICHT SCHLECHT.
UND DIE RESTLICHEN BEIDEN?
War das erste Mal in meinem Leben, dass ich 'ne Wette verliere!
SCHWUPP
HEY, DEN DRUNKEN MASTER HAB ICH DIR NICHT BEIGEBRACHT!
LÄSST DU DIE SACHEN GLEICH AN?
JA, IST PRAKTISCHER.
HM, GAR NICHT SO ÜBEL.
1450円
3900円
ICH BRAUCH NOCH 'NE JACKE.
DAFÜR GUCKT ER AUF EINMAL BEI DEN SCHLICHTEN SACHEN? AUS DEM WERD ICH NICHT SCHLAU.

AKAMATSU, SUCHST DU MIR NOCH EINE BRILLE RAUS?
EINE BRILLE?
AUF EINMAL VERTRAUST DU ALSO AUF MEINEN GE-SCHMACK, JA? MAL SEHEN ...
HIER.
JETZT VERARSCHST DU MICH, ODER?!

WOW! WAS FÜR EIN IMAGEWECHSEL IM VERGLEICH ZU DEM 480-YEN-HEMD VON GERADE EBEN. BIN BEGEISTERT.
ICH WÜRDE GERN ZAHLEN.
DAS MACHT DANN 1.162 YEN FÜR DIE SIEBEN ARTIKEL.
DIE BRILLE WAR TEUER, ABER MUSSTE SEIN!
HAST DU AUCH WAS GEKAUFT?
JA, VORRAT AUFSTOCKEN.
a Plastic Bag AND I'm 100% Recyclable
ALSO, ALS NÄCHSTES GEHT'S ZU NATORI.
ICH GEH DAVOR NOCH KURZ AUFS KLO, OKAY?

DA SIND SIE WIEDER. YAMADA UND B-SUKE.
SIND DA NOCH MEHR VON DENEN?
DIE SIND GARANTIERT NICHT ZUM SHOPPEN HIER.
BESTIMMT SUCHEN DIE NACH MIR.
NORMALER-WEISE FALLE ICH JA DURCH MEINE BLAUE JACKE, MEINEN UNDERCUT UND DIE SANDALEN AUF.
MIT MEINEM JETZIGEN LOOK BIN ICH NUR EINER VON VIELEN.
FÜRS ERSTE DÜRFTE ICH ABER SICHER SEIN.
EIN COUPON NOCH, DANN KRIEG ICH EIN LOTTERIELOS!

...
DANKE, DASS DU GEWARTET HAST.
OKAY, SCHLEICH-MODUS AKTIVIERT!
?
FWPP
DEIN SCHNÜR-SENKEL IST OFFEN.
ÄH, OH ... DANKE.

ÄH? DU WILLST 'NE TISCHDECKE NÄHEN?
Du willst 'ne Gitarre, obwohl du gar nicht spielen kannst?
SCHAU MAL, AKAMATSU!
EINE SCHNEEKUGEL AUS DER LETZTEN SAISON!
...
Muss ein Ladenhüter sein.

OH, WIRD LANGSAM SPÄT, ODER?
LASS UNS EINFACH ZUM NATORI GEHEN!
BESTPREISGARANTIE
NATORI
JETZT SIND WIR ENDLICH AM ZIEL UND DU HAST KEINE PUSTE MEHR?
Puuuh!
WARUM WOLLTEST DU UNBEDINGT NOCH ALL DIE LÄDEN ABKLAPPERN?
HEY! GEHEN GRAUE HANDTÜCHER KLAR?
JA, NIMM EINFACH IRGEND-WELCHE!

ICH NEHM NASS-RASIERER, OKAY?
GLAUBST DU, SO 'NE KLOBÜRSTE WÜRDE PASSEN?
JA, KLAR.
WIR KAUFEN VERSCHIEDENE BECHER, DANN GIBT'S KEINE VERWECHSLUNG.
WIE FINDEST DU DIE HIER MIT ELEFANTEN UND GIRAFFEN?
ODER DEN AFFEN DA DRÜBEN?
WELCHEN AFFEN?
WAS?! DIESES ABSCHEU-LICHE TEIL?!
LECK MICH FETT! DAS SIEHT AUS, ALS WÜRDE EIN BÖSER GEIST DRIN WOHNEN!
Becher mit Affenmotiv 300 Yen
WUSSTE NICHT, DASS DU AUF KITSCH STEHST!
HÖR MAL ... ICH BEZAHL AUCH FÜR DIE BECHER, ALSO LASS UNS DIE HIER NEHMEN, OKAY?
Von dem Affen krieg ich noch Albträume!

NA SCHÖN, WENN'S SEIN MUSS.
KLINGST NICHT ÜBER-ZEUGT.
KLÄREN WIR DAS MIT UNSEREN FÄUSTEN?
FEHLEN NUR NOCH EIN FUTON UND EIN PAAR BETTLAKEN, ODER?
!
FWU MM

DOMM
DOMM
DIE KLEIDERBÜGEL HOLEN WIR IM 100-YEN-SHOP.
DOMM
DOMM
PAMM

WAS ... GEHT DENN JETZT AB?
SAG NICHT, DU HÄNGST NOCH AN DEM AFFEN?!
ICH FIND DEN DUMBO EIGENTLICH DOCH GANZ NICE.
Kh!
NEIN ...
DUMBO?
ALSO, WEITER ZU DEN LAKEN.
TSCHACK
!
GRAGH!

ZRR ZRR ZRR
UHNNNG?! GNNNG?!
WAS HAB ICH DIR BEIGEBRACHT? WIE WEHRT MAN SICH GEGEN DEN SCHWITZ-KASTEN?!
?!
ZRR ZRR
ZUERST PACKST DU DIE HAND DES ANGREIFERS, NIMMST EINEN SEINER FINGER ...
KRTT
... UND ZIEHST SO FEST WIE MÖGLICH DARAN!
WENN DAS NICHT GEHT, SCHLAG IHM WIEDERHOLT INS GESICHT, WENN ER LOCKERLÄSST, SCHLÜPFST DU UNTER SEINER ACHSEL DURCH UND BIEGST SEINEN ARM NACH HINTEN!
ANSONSTEN KANNST DU DICH AUCH MIT DEINEM GANZEN GEWICHT REINHÄNGEN ...
Ihrgs!
BOFF
WARGH!
... UND IHN NACH HINTEN SCHMEISSEN!
BOFF

HFF!
HFF!
DU ...
ALTER ...
WAS SOLL DAS?!
WENN DU SO AN DEM SCHEISSAFFEN HÄNGST, SAG'S DOCH EINFACH!
ANSTATT SO UMSTÄNDLICH ZU ...
BWAGH!
KRATT
!

RATT RATT
WA...
WA...
WA...
WA...
WAS ZUM HENKER?
WAS SOLL DAS? LASS MICH LOS!
DRÜÜÜÜÜCK
HEEEY!
HÖR MAL, WAS ICH JETZT MEHR BRAUCHE ALS DEN DUMBO ODER DEN AFFEN ... BIST DU! UND DASS DU JETZT GENAU SO HIER BEI MIR BLEIBST!
HÄ?
WARTE ...
DRÜCK
DRÜÜCK

JUSTIERUNG BEENDET. BEGINNE MIT GANZKÖRPER-PROGRAMM!
BIEP
BIEP
BIEP
VIIIN
VRRRRR
VRRRRR
RTT RTT RTT
RTT
RTT
RTT
RTT
DER SCHEINT NICHT HIER ZU SEIN, YAMADA.
FUCK! ICH HÄTTE MEINEN ARSCH DRAUF VER-WETTET.
LASSEN WIR'S GUT SEIN FÜR HEUTE. GEHEN WIR.
VRRRRR
VRRRRR

WO WIR SCHON MAL HIER SIND, MAGST DU DIE MASSAGE-SESSEL AUSPRO-BIEREN?
NÖ, WILL DAS PÄRCHEN NICHT STÖREN, DAS DA GERADE ZUR SACHE GEHT. HAU'N WIR AB.
...
RTT RTT
RTT RTT
RTT RTT
ICH HAB EIN PROBLEM. UND ZWAR EINS, DAS SCHLIMMER IST ALS DIE GANZE SITUATION.
EINS DER KÖRPER-LICHEN ART.
VRRRRR
VRRRRR
REIB REIB
AH! ER HAT MICH LOSGE-LASSEN.
UNENDLICHES NICHTS
RTT RTT
RTT RTT
ERST QUETSCHT ER MICH AN SICH UND JETZT GLOTZT ER, ALS HÄTTE ER 'NE ERLEUCHTUNG? WAS IST SEIN PROBLEM?!

VIIIÑ
BIEP BIEP BIEP
WIR NEHMEN ES DIREKT SO MIT!
WAS ZUR HÖLLE?!
OKAY! FUTON KAUFEN UND DANN AB NACH HAUSE!
GESCHAFFT! JETZT NUR NOCH DEN STAUBSAUGER DEINEM ONKEL ZURÜCKGEBEN, DANN WAR'S DAS.
KRA KRA

ICH GEH KURZ RÜBER.
WARTE, ICH KOMM MIT.
ICH WOHNE JETZT HIER, DA WILL ICH WENIGSTENS MAL KURZ HALLO SAGEN.
SAG NICHT, DU HAST DIESES HEMD GEKAUFT?!
Geht die Safari hinten drauf noch weiter?
WIR WAREN UNS DOCH EINIG, DASS ES NUR FÜR BESONDERE ANLÄSSE IST.
UND DAS IST JETZT EINER?
ABER SO WAS VON!
ONKEL! WIR WOLLTEN UNS NUR KURZ BEDANKEN.

AUSSERDEM WOLLTE ICH NOCH MITTEILEN, DASS ICH FÜR DREI MONATE BEI IHREM NEFFEN WOHNEN WERDE. ICH GEBE MIR AUCH DIE GRÖSSTE MÜHE, NIEMANDEM UMSTÄNDE ZU BEREITEN. ES FREUT MICH, SIE KENNEN-ZULERNEN.
ES IST NICHT VIEL ...
ICH DENKE, NÄCHSTEN MONAT KANN ICH MEHR BEZAHLEN.
NICHT NÖTIG. DU BIST DOCH EIN FREUND VON AISUKE, ODER?
ABER ...
NICHTS DA! DARÜBER KÖNNEN WIR REDEN, WENN DU LÄNGER ALS DREI MONATE BLEIBEN WILLST.
IN ORDNUNG.
DU SCHEINST EIN VERLÄSS-LICHER JUNGER MANN ZU SEIN. KOMM ZU UNS, WENN DU WAS BRAUCHST.
JA, DU SIEHST VERANT-WORTUNGS-BEWUSST AUS.
GIB ALLES BEI DER ARBEIT, JA?
JA!
HABEN DIE SEIN HEMD NICHT BEMERKT?

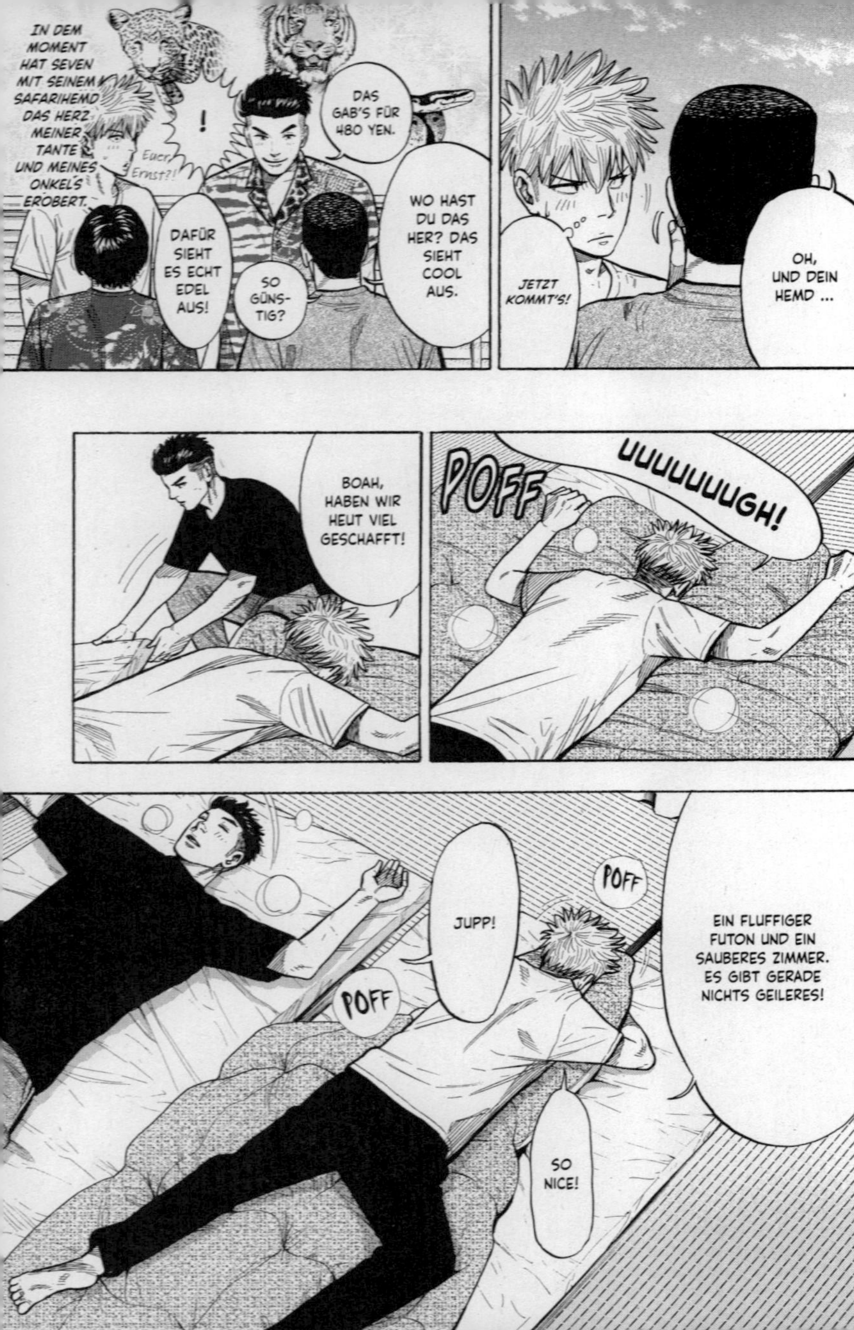
Oh, und dein Hemd ...
Jetzt kommt's!
Wo hast du das her? Das sieht cool aus.
Das gab's für 480 Yen.
!
Euer Ernst?!
In dem Moment hat Seven mit seinem Safarihemd das Herz meiner Tante und meines Onkel's erobert.
So günstig?
Dafür sieht es echt edel aus!
POFF
UUUUUUUUGH!
Boah, haben wir heut viel geschafft!
Ein fluffiger Futon und ein sauberes Zimmer. Es gibt gerade nichts Geileres!
POFF
So nice!
Jupp!
POFF

WAR ABER ECHT ANSTRENGEND HEUT.
SAG MAL, WAS IST VORHIN EIGENTLICH IN DICH GEFAHREN?
WAS MEINST DU?
NA, ERST DAS MIT DER GITARRE.
DANN FEIERST DU DIESE SCHNEEKUGEL AB.
Diese kleine Kugel beinhaltet eine strahlende Fantasie! Wer wird da nicht schwach?
UND ZU GUTER LETZT DIESER KLAMMERGRIFF!
ACH, ICH HAB MICH NUR AUF EINMAL GEFÜHLT WIE AUF 'NEM DATE UND EIN BISSCHEN QUATSCH GEMACHT.
PÄRCHEN, DIE SICH GUT VERSTEHEN, SIND DOCH STÄNDIG AM RUMALBERN. WEISST DU, WAS ICH MEINE?
DAS WAR ABER KEIN DATE HEUTE! UND WER WÜRDE SEIN DATE SCHON IN DEN FUCKING SCHWITZKASTEN NEHMEN?!
WOMPP
AUSSERDEM HAST DU ZIEMLICH ERNST GEWIRKT, DAFÜR, DASS ALLES NUR SPASS WAR!
UND DANN DAS FIASKO AUF DEM MASSAGESESSEL ...
DIE SIND NICHT FÜR ZWEI GEMACHT! DAS PERSONAL WAR VOLL SAUER.
UND WEGEN ... NA JA, DU WEISST SCHON ...
OH! DER SESSEL HAT SICH TOLL ANGEFÜHLT, ODER?

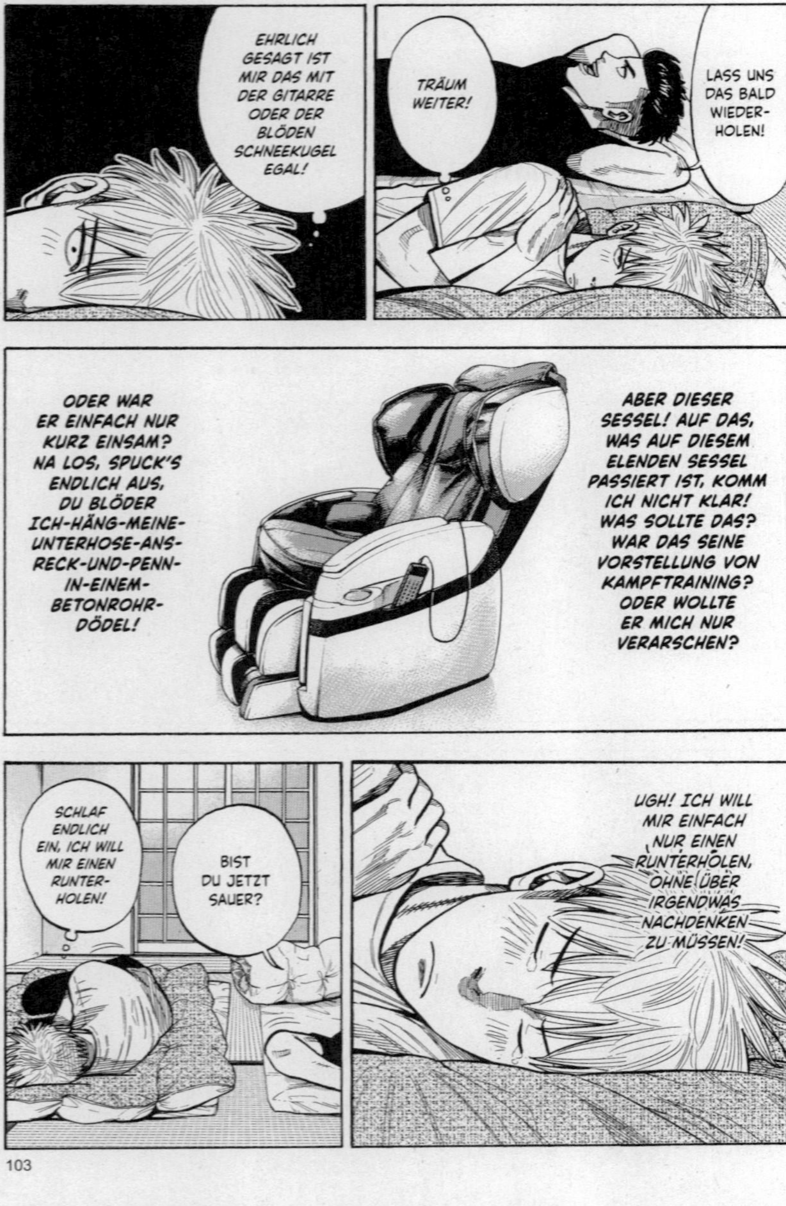
LASS UNS DAS BALD WIEDERHOLEN!
TRÄUM WEITER!
EHRLICH GESAGT IST MIR DAS MIT DER GITARRE ODER DER BLÖDEN SCHNEEKUGEL EGAL!
ABER DIESER SESSEL! AUF DAS, WAS AUF DIESEM ELENDEN SESSEL PASSIERT IST, KOMM ICH NICHT KLAR! WAS SOLLTE DAS? WAR DAS SEINE VORSTELLUNG VON KAMPFTRAINING? ODER WOLLTE ER MICH NUR VERARSCHEN?
ODER WAR ER EINFACH NUR KURZ EINSAM? NA LOS, SPUCK'S ENDLICH AUS, DU BLÖDER ICH-HÄNG-MEINE-UNTERHOSE-ANS-RECK-UND-PENN-IN-EINEM-BETONROHR-DÖDEL!
UGH! ICH WILL MIR EINFACH NUR EINEN RUNTERHOLEN, OHNE ÜBER IRGENDWAS NACHDENKEN ZU MÜSSEN!
BIST DU JETZT SAUER?
SCHLAF ENDLICH EIN, ICH WILL MIR EINEN RUNTERHOLEN!

AM SONNTAG IN DIE SHOPPING-MALL ZU GEHEN, WAR KEINE GUTE IDEE.
SORRY, DASS ICH DICH DA HEUT HINGESCHLEPPT HAB.
BULLSHIT! BIN NUR FERTIG.
WARUM GEHEN WIR NICHT EINFACH UNTER DER WOCHE?
NACH DEINER SCHICHT BEIM BÄCKER ZUM BEISPIEL.
NÄCHSTES MAL GEH ICH ALLEIN.
ABER DER MASSAGESESSEL IST AB JETZT TABU!
WAR JA NICHT SO, ALS HÄTTE ES MIR KEINEN SPASS GEMACHT.
AN EINEM WERKTAG WÜRD ICH AUCH NOCH MAL MITKOMMEN.

Kapitel 3 – Ende

AKAMATSU

& SEVEN

Kapitel 4
Akamatsu & Seven

Whoa, Bombenwetter heute!
RMBB
RMBB
TAPP
TAPP

OH, VERZEIHUNG.
SIND SIE AKAMATSUS MUTTER?
ÄH, JA.
IHR SOHN IST SO NETT UND LÄSST MICH GERADE BEI IHM WOHNEN. ICH HEISSE SEVEN KANZAKI.
OH, DU BIST DAS ALSO.
SEIN ONKEL HAT MIR SCHON VON DIR ERZÄHLT. SCHÖN, DICH KENNENZULERNEN. UND DANKE, DASS DU DICH UM AISUKE KÜMMERST.
ÄH, ICH HAB ZU DANKEN.
ER IST LEIDER NOCH NICHT VON DER SCHULE ZURÜCK.
SCHON GUT, ICH VERPASSE IHN SOWIESO JEDES MAL.
DANKE AUCH FÜR DAS ESSEN! NEUERDINGS BRINGEN SIE JA SOGAR AUCH MIR EINE PORTION VORBEI. DAS WEISS ICH SEHR ZU SCHÄTZEN.
NICHT DOCH! DER AUFWAND IST PRAKTISCH DERSELBE.

SAG MAL ... GEHT ES AISUKE DENN GUT?
JA!
DANK IHREM ESSEN ERFREUT ER SICH BESTER GESUNDHEIT.
ACH.
DAS FREUT MICH.
WIR HABEN ZWAR NICHTS DA, ABER KOMMEN SIE DOCH REIN.
DAS IST LIEB, ABER ICH MUSS GLEICH ZUR ARBEIT.
NUN ... ICH GLAUBE, ER WIRD MIR NOCH EINE WEILE AUS DEM WEG GEHEN, WÜRDEST DU IHM BITTE ETWAS VON MIR AUSRICHTEN?
SAG IHM, DASS SEIN VATER NOCH ETWAS ZEIT BRAUCHEN WIRD. ER WEISS JA, WIE ER IST.
UND SAG IHM, DASS WIR ANDEREN ABER AUF JEDEN FALL HINTER IHM STEHEN UND DASS ER JEDERZEIT WILLKOMMEN IST.

OKAY, ICH RICHTE ES IHM AUS.
BIN ZURÜÜÜCK!
UND HAB MÄCHTIG HUNGER MITGEBRACHT!
BLPP
BLPP
KARTOFFEL-EINTOPF? IST DA AUCH FLEISCH DRIN?
BIS ZUM ABWINKEN!
HE HE!
ÜBRIGENS, ICH HAB HEUT DEINE MUTTER KENNEN-GELERNT.

SIE MACHT SICH SORGEN, OB'S DIR GUT GEHT.
SIE SAGTE, DEIN VATER WÜRDE NOCH EIN BISSCHEN ZEIT BRAUCHEN, ABER DIE ANDEREN WÜRDEN HINTER DIR STEHEN UND DU KÖNNTEST GERNE JEDERZEIT NACH HAUSE KOMMEN.
KEINE AHNUNG, WAS DA BEI EUCH LOS IST, ABER BESUCH DEINE ALTEN LIEBER, SOLANGE DU SIE NOCH HAST.
...
LASS UNS ESSEN.
U.W.F.
DEINE ELTERN ARBEITEN BEIDE, DU HAST EIN DACH ÜBERM KOPF, UND SIE SCHICKEN UNS AUCH NOCH ESSEN ...
WILLST DU SAGEN, DASS ICH VERWÖHNT BIN?
NEIN. NUR, DASS DU DICH GLÜCKLICH SCHÄTZEN KANNST.

...
ICH MEINE, SCHAU ... AUS DIR IST DOCH ECHT WAS GEWORDEN.
SCHÖN, UND WAS IST MIT DIR?
MIT MIR?
ICH MAG MEINE ELTERN UND BIN IHNEN DANKBAR.
BIN AUF DEM LAND AUFGEWACHSEN UND WIR HATTEN NICHT VIEL.
SIE HABEN ES MIR ERMÖGLICHT, HIERHERZUKOMMEN, WEIL ICH HIER GRÖSSERE CHANCEN HABE.
ABER DIESES BETONROHR WAR DANN DOCH NICHT GROSS GENUG, HA HA!
Musste meine Schultern so quetschen, um reinzupassen!
ICH BIN FROH, DASS DU MICH GERETTET HAST.
ACH WAS.
U.W.F
ICH HAB DICH NICHT GERETTET. ICH WOLLTE NUR JEMANDEN ZUM KÄMPFEN HABEN.
WENN ICH'S DIR DOCH SAGE!
JA. TROTZDEM DANKE.
ALTER ...
ÜBERFALL MICH NICHT SO.
JAJA, SCHON KLAR.

ICH GEH AUF DEM RÜCKWEG NOCH SCHNELL ZUM SUPERMARKT. BRAUCHST DU WAS?
NÖ!
BATAMM
KAZING
YEAAAH!
ENDLICH PRIVATSPHÄRE! HÖCHSTE ZEIT, MIR MAL WIEDER IN ALLER RUHE EINEN RUNTERZUHOLEN!
SWUSH
SPAZIERGANG PLUS SUPERMARKT, DAS DAUERT BESTIMMT 'NE STUNDE!
HNF
HNF
EINE STUNDE REICHT LOCKER!
BOFF
SEIT DER HIER IST, HAB ICH ABENDS NICHT MEHR GEWICHST! DAFÜR HAB ICH JETZT NACHT FÜR NACHT FEUCHTE TRÄUME!
ICH FRAG MICH, WANN DER DAS IMMER ERLEDIGT. ACH, AUCH EGAL!

HAAH!
AISUKE, ALTES HAUS. WANN WARST DU ZULETZT SO GLÜCKLICH DARÜBER, DICH EINFACH MAL ENTSPANNT HINLEGEN UND DIR GENÜSSLICH EINEN RUNTERHOLEN ZU KÖNNEN?
WBB WBB
FWAP FWAP FWAP FWAP FWAP
FWAP FWAP FWAP FWAP
FWAP
BIN WIEDER DA.
BATAMM
ER IST MITTENDRIN EINGEPENNT.

WIE GLÜCKLICH ER AUSSIEHT.
NEBENJOB-BÖRSE
Lobster Corporation Inc.
Soforige Bezahlung & Unterbringung
Leichte körperliche Arbeit auf dem Bau
(Nachtschicht).
E-MAIL
ANRUF

BATAMM
ZPP
DING DONG DING DONG
...

ICH GLAUB'S EINFACH NICHT! ICH HAB MICH DOCH SO AUF MEINE WICHSSTUNDE GEFREUT! DAS WAR DIE PERFEKTE CHANCE, MIR ORDENTLICH EINEN ZU SCHÜTTELN!
WELCHER IDIOT PENNT DENN BITTE EINFACH SO EIN, BEVOR ER GEKOMMEN IST?! ICH BIN SO GEIL, ICH HAB SCHON WIEDER IM SCHLAF MEINE UNTERHOSE VOLLGESAUT! WIRD LANGSAM ECHT PEINLICH, JEDEN MORGEN EINE KLEBRIGE UNTERHOSE ZUM TROCKEN AUFZUHÄNGEN! SCHEISSE, MANN! SEIT DER EINGEZOGEN IST, SCHLAF ICH GAR NICHT MEHR GUT!
AISUKE, KOMMST DU MIT ZUM KARAOKE? WIR TUN AUCH NICHTS ANDERES, VERSPROCHEN!
NÖ, ICH GEH HEIM.
ICH HAB MIR EXTRA DIE LYRICS VON „SEXY AND I KNOW IT" GEMERKT, ALSO KOMM BITTE MIT!
WAS?
WARUM HAB ICH DEN ÜBERHAUPT ZU MIR NACH HAUSE GEHOLT? DENK MAL SCHARF NACH, AISUKE!
BESTIMMT NICHT WEGEN DER EXTRAPORTION, DIE MEINE MUTTER DEM UNDERCUT KOCHT!
AUCH NICHT, WEIL ICH EINEN PUTZ- ODER WASCHROBOTER HABEN WOLLTE, WOBEI DAS SCHON SAUPRAKTISCH IST! ACH, STIMMT JA!
TAPP
TAPP
ICH HAB IHN ZUM KÄMPFEN ZU MIR GEHOLT! DAMIT ICH DIESEN DRUCK ABLASSEN KANN, DER SICH IMMER IN MIR AUFSTAUT!
ICH GEH DANN MAL.
JA, SCHÖNEN FEIERABEND!

WHOA!
WAS FÜR EIN ZUFALL. ALLES GUT? ICH HAB BROT DABEI.
PAMM
PAMM
WOCK
WACK

WOMPP
UGH!
WARUM BIST DU SO HEKTISCH? ALLES OKAY?
PAH!
WER IST HIER HEK-TISCH?!
NICHT AUFHÖREN, DU SCHISSER!

WROMPP
LOS, SCHLAG ZU!
DARUM GEHT'S DOCH!
ICH HAB DIESE LASCHEN ÜBUNGSKÄMPFE SO WAS VON SATT, MANN!
SWOSH
DANN VERLETZ ICH DICH NUR.
ICH WILL DRAUFLOS-HAUEN! JETZT SOFORT!

DU WILLST FREESTYLE?
SWSH
KANNST DU HABEN!
FWA
!
MM
ABROLLEN!

BÄMM!
WONK
ALTER, TUT MEINE HAND WEH!
Hab mich voll am Boden aufgeschürft!
WOLLTEST DU DOCH SO!
IST DOCH TOLL.
HAST DICH GUT ABGEROLLT.
POCH POCH
SHIT! DA KLAUT JEMAND UNSER BROT!
PATT PATT
DIE UNIFORM KRIEGT MAN NUR SCHWER WIEDER SAUBER. NÄCHSTES MAL ZIEHST DU SIE AUS!
WARUM KENNST DU DICH SO GUT MIT WÄSCHE AUS?
AUSSERDEM WARST DU ES, DER MICH IN DEN DRECK GEWORFEN HAT!
PATT PATT

IST DIE BADEWANNE SCHON VOLL?
NOCH NICHT.
WIRD SCHON REICHEN, SIND JA ZU ZWEIT.
WAS?
WIR GEHEN ZUSAMMEN BADEN.
ÄH?
DEINE HAND TUT DOCH WEH. ICH KANN DIR DIE HAARE WASCHEN.
LASS MAL. GEHT AUCH EINEN TAG OHNE.
WILLST DU SCHON WIEDER DEN FUTON DRECKIG MACHEN?
DU UND DEIN PUTZ-FIMMEL!
SAGST GERADE DU. WIR SPAREN AUSSERDEM WASSER, WENN WIR GEMEINSAM BADEN.
AM MEISTEN SPAREN WIR, WENN WIR GAR NICHT BADEN!

JA, KLAR. ZWEI TYPEN IN EINER WOHNUNG OHNE BADEN. KANNST DIR JA AUSMALEN, WIE DAS STINKEN WIRD.
GERADE HEUTE BRAUCHST DU EIN ORDENTLICHES BAD. UND JETZT HÖR AUF MEISTER SEVEN UND KOMM!
FLUPP
KOMM ENDLICH, ODER ICH WERF DICH NOCH MAL ZU BODEN!
BTAMM
DU WILLST ES NICHT ANDERS, ODER?
SCHON GUT, SCHON GUT!
HM.
HA... HALLO, DER HERR.
IMMER REIN IN DIE GUTE STUBE.

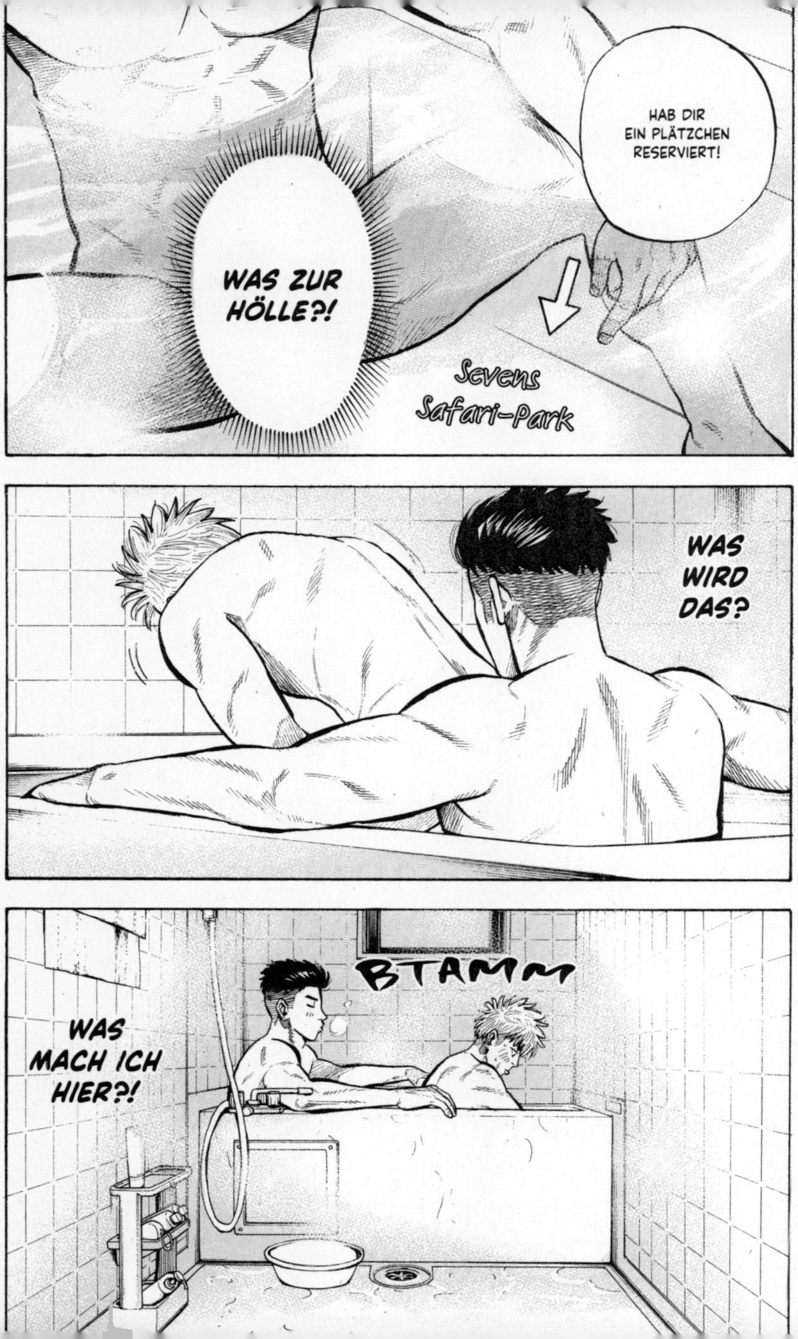
HAB DIR EIN PLÄTZCHEN RESERVIERT!
WAS ZUR HÖLLE?!
Sevens Safari-Park
WAS WIRD DAS?
BTAMM
WAS MACH ICH HIER?!

ÄH, ALSO EINE KURZE DUSCHE HÄTTE ES AUCH GETAN.
Wieso sitz ich mit dir in einer Wanne?
AUA
SIEHST DU? ZU ZWEIT REICHT DAS WASSER EWIG.
IST GRADE VOLL HOCH GEGANGEN DURCH DICH. HASTE GESEHEN?
WENN DU DICH NOCH MAL ERKÄLTEST, KANNST DU NICHT ZUR SCHULE UND ZUR ARBEIT. MANCHMAL MUSS MAN ES SICH EINFACH BEQUEM MACHEN UND IM HEISSEN WASSER ENTSPANNEN.
ICH BIN WEDER ENTSPANNT, NOCH FINDE ICH DAS BEQUEM …
MAG JA SEIN, DASS DIE SCHWELLUNGEN IN DEINEM GESICHT SCHNELL VERHEILEN, WEIL DU EIN STABILER TYP BIST …
ES MUSS DOCH NUR MAL WAS SCHIEFGEHEN, DANN KANNST DU BLEIBENDE SCHÄ-DEN DAVONTRAGEN ODER FÜR IMMER ENTSTELLT SEIN. DAS WÄRE ECHT KACKE.
ZU BEGINN WAR'S JA NICHT OFT, DA HAB ICH EINFACH MITGEMACHT. ABER JETZT WILL ICH DICH EIGENTLICH NICHT MEHR SCHLAGEN.
HÖR MAL, ICH WEISS JA, DASS DU DICH GERNE PRÜGELST.
ABER EIGENTLICH IST ANDERE FERTIGZUMACHEN GAR NICHT MEINS.

VIELLEICHT FINDEN WIR EINEN ANDEREN WEG, DEINE KAMPFLUST ZU BEFRIEDIGEN ...
ODER?
HÖRST DU MIR ZU?
STUPS
HIEK!
HEY! LASS DAS!
DU LEBST. SCHÖN.
WENN ICH EINEN NACKEN VOR MIR HAB, MUSS ICH EINFACH REIN-STUPSEN.
EINEN SCHEISS MUSST DU!
OKAY.
MEISTER SEVEN WÄSCHT DICH JETZT.
PLOSCH

AKAMATSUUU! DANN MACH DIE ÄUGLEIN ZU, DAMIT KEINE SEIFE REINKOMMT!
KRSH KRSH KRSH KRSH
ICH BIN DOCH KEIN BABY MEHR!
SETZ DEINE ANTI-SHAMPOO-KAPPE AUF, KLEINER AKAMATSU.
ALS OB ICH SO WAS HÄTTE!
ÜBRIGENS, DU LÄSST DAS WASSER IMMER ZU LANGE LAUFEN.
IST JA NOCH NICHT WINTER, ALSO GEWÖHN DIR BITTE AN, DAS WASSER ZWISCHENDURCH ABZUSTELLEN!
KRSH KRSH
ALTER, DU MACHST IMMER EINEN AUF HART, UND DANN HAUST DU SOLCHE SACHEN RAUS?
MUSST DU GERADE SAGEN!
KRSH KRSH
BOAH, DEINE HAARE SIND VOLL WEICH!
...
KRSH KRSH
DAS FÜHLT SICH ...
... SO GUT AN!
AHHH!

…
Was wird das?
SPLA
SH
SPLASH
SO GUT …
SHBB
SHBB
FWPP
IM ERNST, DAS SCHAFF ICH SCHON!
Das geht echt zu weit, findest du nicht?
JETZT BIN ICH SCHON DABEI!
ALTER, DEN REST SEIF ICH SELBER EIN!

ZUCK
FLTSCH
LASS DAS, MAAAAANN!
KEINE WIDERREDE, WERTER KUNDE!
SHBB SHBB
SAG NICHT, DEIN RÜCKEN IST DEINE SCHWACHSTELLE? HA HA!
Hab dich doch nicht so!
IM ERNST, MANN ...
HÖR AUF ...
WENN MAN NOCH NIE EINGESEIFT WURDE, KANN DAS IN DEINEM ALTER SCHON PEINLICH SEIN, DAS VERSTEH ICH JA ...
DARUM GEHT'S GAR NICHT!
ERNST-HAFT ...
BITTE NICHT ...
AH!
GLITSCH

WAH!
DU HAST JA 'N STEIFEN!

E... E... ES IST NICHT SO, WIE DU DENKST!
ICH SCHWÖ-RE! DAS IST ES NICHT!
DAS IST NICHT, WEIL DU MICH BERÜHRT HAST!
ICH HAB NUR SCHON EWIG NICHT MEHR GEWICHST, SEIT DU EINGEZOGEN BIST!
DAS HAT SICH ALLES ANGESTAUT, WEISST DU?! PUBERTÄT UND SO!
SORRY, DASS DU DAS SEHEN MUSSTEST!
SHHH
JA, VER-DAMMT!
BIST DU DESWEGEN IMMER SO GEREIZT?
WAS?
SOLL ICH DIR HELFEN?
DU HAST VOLL DIE LATTE! WAS BLEIBT UNS DENN SONST ÜBRIG?
IST JA AUCH MEINE SCHULD.
DU SPINNST DOCH!
JA, SCHON, ABER ...

DANN HOL ICH DIR EINEN RUNTER!
NEIN, DAS MACH ICH SELBER.
KOMM SCHON, ICH BIN DARAN GEWÖHNT. ALLES GUT.
WIE?
WORAN BIST DU GEWÖHNT?
WA...
SLPP
...
HEY! WIE HAST DU DAS GEMEINT, DU BIST DARAN GEWÖHNT ...?
NA JA, WENN ICH 'NEN HARTEN SCHWANZ VOR MIR HAB, HELF ICH EBEN AUS. IST NICHTS DABEI.

WAS ZUM ...
FI... FINDEST DU DAS NICHT EKLIG?
HM?
WARUM SOLLTE ICH? VERGLICHEN MIT DEN ANDEREN TYPEN, DENEN ICH EINEN RUNTER-GEHOLT HAB, BIST DU DAS KLEINERE ÜBEL.
WE... WELCHE ... ANDEREN TYPEN?
AH!
SLPP SLPP SLPP
FUCK, ICH KOMM GLEICH ...
Hah!

ICH ZAHL JA NICHT MAL MIETE. DAS IST DAS MINDESTE, WAS ICH TUN KANN.
...

WENN'S DICH ABTURNT, DASS DICH EIN KERL BERÜHRT, MACH DEINE AUGEN ZU UND DENK AN EIN MÄDCHEN, DAS DU MAGST.
ICH BIN AUCH GANZ LEISE.

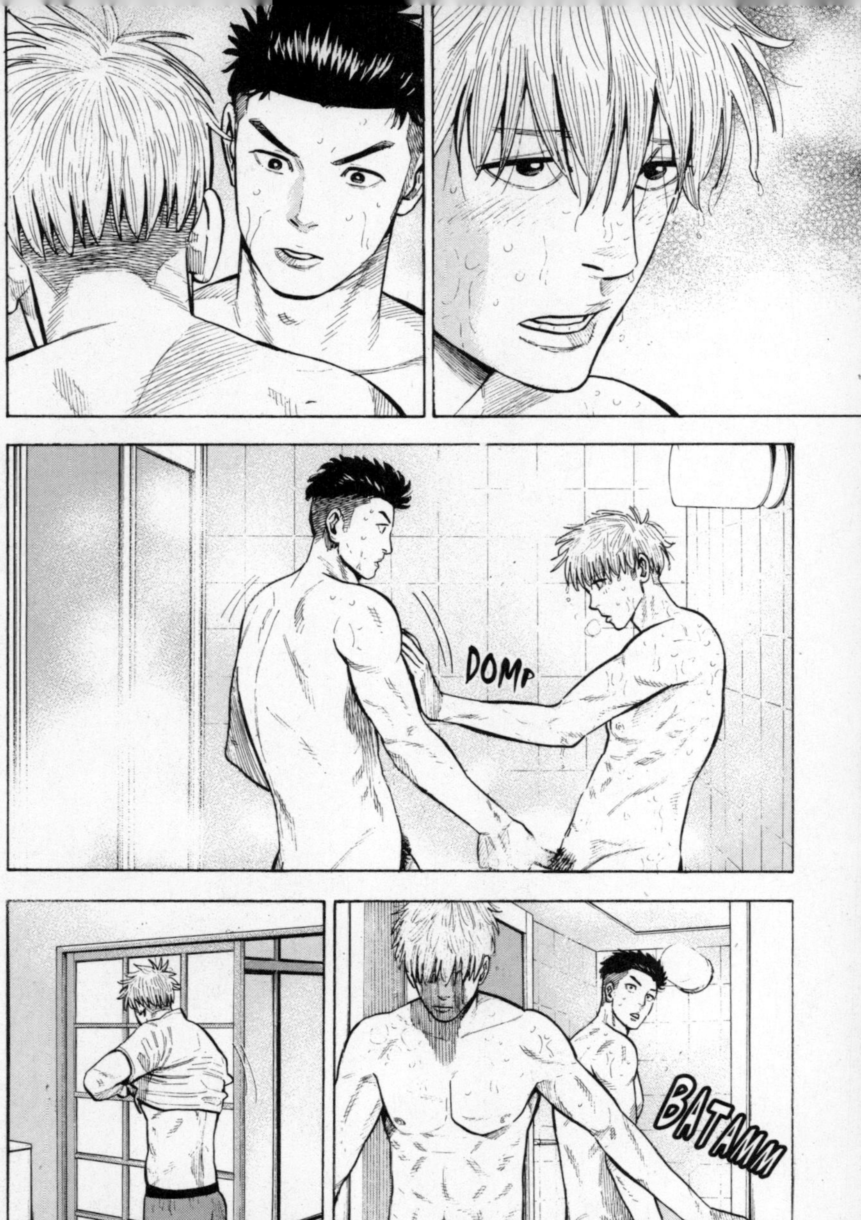
DOMP
BATAMM

PATAMM
HEY!
TAPP TAPP TAPP
HM?
AISUKE?
SWUUUSH
HUOOOOOH

DER KOMMT WIEDER. ABER OB ER OKAY IST?
AKAMA...
...
OH.
DU SUCHST BESTIMMT ...
... MEINEN BRUDER AISUKE, ODER? DER IST GERADE DA LANG GERANNT.

DU MUSST SEVEN KANZAKI SEIN, RICHTIG?
SCHÖN, DICH KENNENZULERNEN. ICH BIN AISUKES BRUDER SHUSUKE.
HÄ? OH ... JA, DAS BIN ICH.
ALSO ...
OH, STÖRE ICH ETWA? ICH KANN AUCH EIN ANDERMAL WIEDER-KOMMEN.
NEIN ... ICH WUSSTE NUR EINFACH NICHT, DASS ER EINEN BRUDER HAT.
ECHT? DAS SIEHT IHM MAL WIEDER ÄHNLICH.
HIER, ICH HAB REIS DABEI, VON UNSERER MUTTER.
OH, DANKE SCHÖN!
MANN, WAR ICH VIELLEICHT BAFF, ALS MUTTER ERZÄHLT HAT, DASS AISUKE JETZT EINEN FESTEN FREUND HAT! HAB MIR DIREKT DEN REIS GESCHNAPPT UND BIN HERGEKOMMEN, WEIL ICH'S MIT EIGENEN AUGEN SEHEN WOLLTE.
HA HA!

*EINBAHNSTRASSE

SAG NICHT, AISUKE HAT DIR NICHT MAL DAS ERZÄHLT?
NEIN!
DAS IST FALSCH!
SO WAR ES WIRKLICH NICHT GEDACHT ...
IM ERNST!

ALS UNSER VATER RAUSGEFUNDEN HAT, DASS ER AUF MÄNNER STEHT, GAB'S EINEN RIESENKRACH. UND DANN IST ER AUSGEZOGEN.
ICH WOLLTE DOCH NUR JEMANDEN ZUM KÄMPFEN!
Kapitel 4 – Ende

Kapitel 5
Akamatsu & Seven

WOMM
ICH BIN AM VERDURSTEN!
ABER ICH HAB KEIN GELD MITGENOMMEN.
DIE BIBLIOTHEK HAT SCHON ZU UND DER NÄCHSTE SUPERMARKT, WO'S GRATIS WASSER GIBT, IST EWIG WEIT WEG.
WENN ICH DEN TYPEN AN DER KASSE KENNE, KÖNNTE ICH VIELLEICHT SPÄTER EINFACH DAS GELD VORBEIBRINGEN? GINGE DAS? NEE, DAS KANN ICH NICHT BRINGEN!

UFF!
ICH WILL NOCH NICHT NACH HAUSE. ICH KÖNNTE ZUM PARK. ABER DAS WASSER DORT IST EKLIG.
SWPP
HIER, KANNST DU HABEN.
HAB'S GRAD ERST GEKAUFT, IST ALSO NICHT VERGIFTET ODER SO.
ICH KRIEG MANCHMAL VOLL BOCK AUF DIE DINGER, ABER DIE KOMMEN IMMER IM ZWEIERPACK UND DAS IST ZU VIEL FÜR MICH.
NORMAL GEB ICH DAS ZWEITE MEINEN LEUTEN, ABER HEUT BIN ICH ALLEIN.
ÄH ...

MUSST ES AUCH NICHT ANNEHMEN, WENN DU DAS KOMISCH FINDEST.
NEIN, GAR NICHT. DANKE.
ICH HAB VOLL DURST, BIN NUR DUMMERWEISE OHNE MEINEN GELDBEUTEL LOS ...
DEIN ERNST? ICH DACHTE, SO WAS PASSIERT IMMER NUR IN SITCOMS, HA HA!
STIMMT, JETZT WO DU'S SAGST.
NA JA, WENN DU KEINE KOHLE HAST, KÖNNTEST DU JA AUCH EINFACH WAS KLAUEN.
WAS? AUF KEINEN FALL!
WAR 'N WITZ, HA HA!
KACK-SÜSS, DAS ZEUG!
WOHNST DU HIER IN DER GEGEND?
JUPP.
ICH KOMM GERADE BERUFLICH ÖFTER HIERHER. IST SCHÖN, DASS ES HIER NOCH SO VIELE ALTE HÄUSER GIBT, ODER?
UND BUSSE FAHREN HIER AUCH NOCH.

OH, WO WIR SCHON DABEI SIND. ICH ARBEITE ALS VERKÄUFER IN EINER TIERHANDLUNG.
WIR HABEN RAUBVÖGEL UND REPTILIEN.
HIER, UNSERE KARTE. WENN DU JEMANDEN KENNST, DER EIN TIER KAUFEN MÖCHTE, EMPFIEHL UNS DOCH BITTE WEITER.
WIR BEHANDELN UNSERE TIERE MIT LIEBE UND RESPEKT, GENAU WIE UNSERE KUNDEN.
OH, UND AFFEN GIBT'S BESTIMMT NIRGENDWO GÜNSTIGER ALS BEI UNS.
ALSO, WAR SCHÖN, DICH KENNENGELERNT ZU HABEN! MAN SIEHT SICH!
CIAO!
JA, BIS DANN!
DER WAR JA LOCKER DRAUF.
ABER DURST HAB ICH IMMER NOCH.

HAH!
ICH WAR DAMALS MIT EINEM JUNGEN IN DER ZWEITEN KLASSE, MIT DEM ICH MICH SUPER VERSTAND. ICH MOCHTE IHN EINFACH.
REIN PLATONISCH.
AISUKE, SAG'S BITTE KEINEM, OKAY?
OKAY.
BIPP
BIPP
BIBIPP

HEUTE HAT MIR REINA GESAGT, DASS SIE MICH MAG, ABER EIGENTLICH MAG ICH SATO VIEL LIEBER. DIE IST SÜSS.
OH, ECHT?
GIBT'S AUCH JEMANDEN, DEN DU MAGST?
JA, ICH MAG DICH.
WAAAS?
ICH GAB IHM NUR EINE EHRLICHE ANTWORT.
SAG DAS NICHT! IST JA VOLL EKLIG!
BIPP
BIPP
ICH MEINTE EIN MÄDCHEN! JEDER NORMALE KERL MAG DOCH MÄDCHEN.
IN DEM MOMENT MERKTE ICH, DASS IRGENDWAS ANDERS WAR.
MEINE FREUNDE BEHANDELTEN MICH AUF EINMAL ANDERS.
ICH LERNTE, DASS MEINE VORSTELLUNG VON „NORMAL" NICHT DEM ENTSPRACH, WAS ALLE ANDEREN DARUNTER VERSTANDEN.
KIDS

AISUKE!
LASS UNS HEIMGEHEN!
AIR FORCE
ICH HÖR DIE ALTEN IMMER SAGEN, DASS FRÜHER ALLES ANDERS WAR. AUCH WENN ÄUSSERLICH ALLES MODERNER WIRD, IM INNEREN ÄNDERT SICH DIE GESELLSCHAFT NUR IM SCHNECKENTEMPO.
DANN WÄRE DIE EINFACHSTE LÖSUNG DOCH, DAS ZU TUN, WAS ALLE UNTER „NORMAL" VERSTEHEN. ODER?

STAAAARRRR
ICH GLAUBE, ICH BIN IHM NICHT HÜBSCH GENUG ...
Du bist echt das Letzte, Aisuke!
ES IST JA NICHT SO, DASS ICH MÄDCHEN HASSEN WÜRDE, SIE GEBEN MIR NUR EINFACH NICHTS.
AM BESTEN SPRECH ICH EINFACH MIT NIEMANDEM DARÜBER UND TU SO, ALS WÄRE ALLES PALETTI.
SOLANG ICH GESUND UND AM LEBEN BIN, KANN ICH MICH JA NICHT BESCHWEREN, ODER?

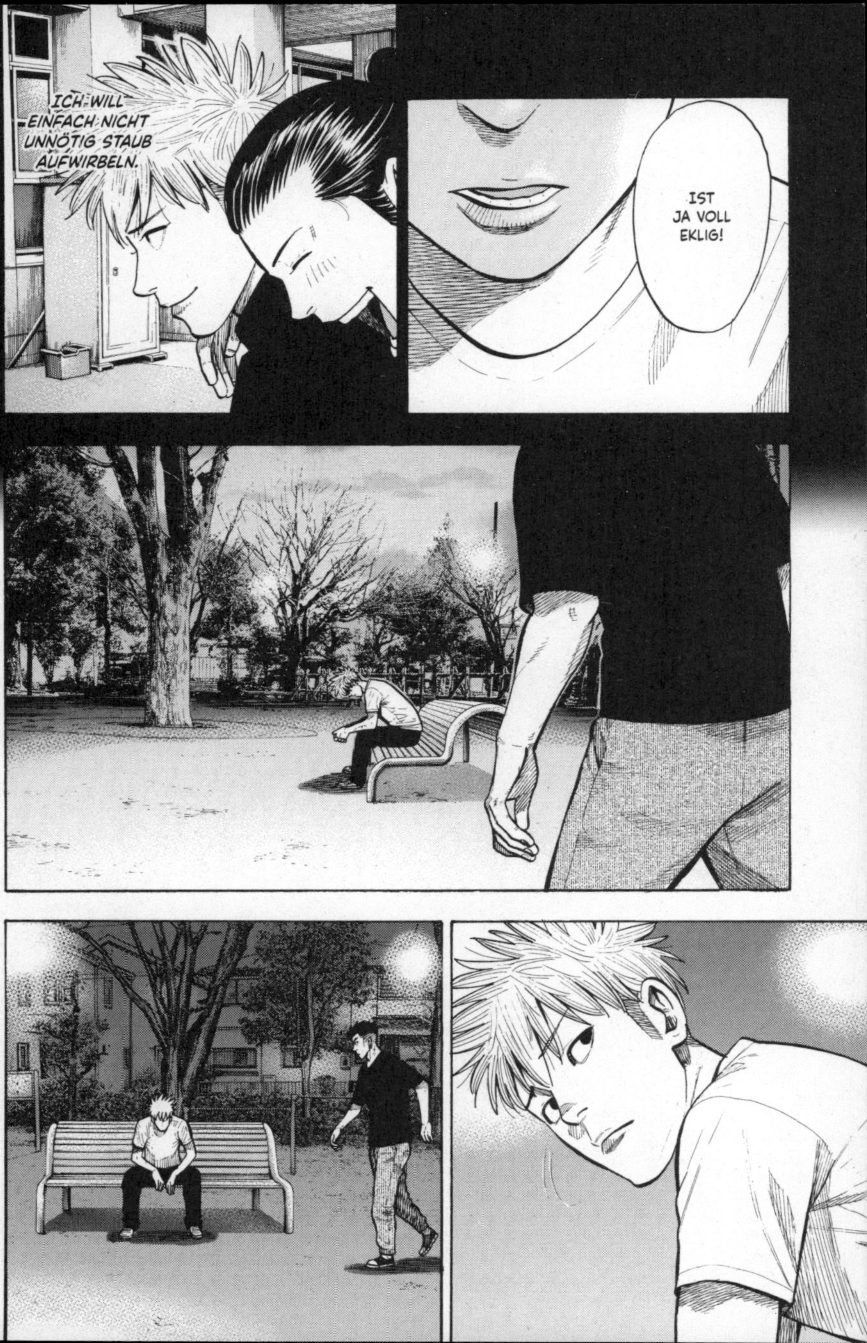
ICH WILL EINFACH NICHT UNNÖTIG STAUB AUFWIRBELN.
IST JA VOLL EKLIG!

DA BIST DU JA!
PUH!
HAB MIR SORGEN GEMACHT.
ALLES GUT.
ICH BIN NUR NOCH NICHT SO WEIT.
WAS ICH VORHIN GETAN HAB, WAR NICHT RICHTIG.
TUT MIR LEID.

ICH WILL JA NIEMANDEN VERURTEILEN, ABER DAS WAR ECHT DANEBEN.
JA.
ICH WEISS.
KOMMT NICHT WIEDER VOR.
ICH BLEIB NOCH ’NE WEILE HIER.
DANN NIMM DEN SCHLÜSSEL.

ICH SAG NUR KURZ BESCHEID, DASS DU AUFGETAUCHT BIST.
?
HI, SEVEN HIER. ICH HAB IHN GEFUNDEN.
JA, IST GUT.
KANNST DU NOCH MAL KURZ ZUR WOHNUNG KOMMEN, SHUSUKE?
HEY!
DANKE. BIS GLEICH!
WER WAR DAS?
DEIN BRUDER.
SEIT WANN KENNST DU MEINEN BRUDER?
SEIT VORHIN. ER HAT REIS VORBEIGEBRACHT, ALS DU WEGGERANNT BIST.
WAS? UND WORÜBER HABT IHR GEREDET?
NA JA ...
TA TA TATATAPP

OH.
KRTT
SHUSUUU-KEEE! DU ELENDER BAS-TAAAARD!
ARGH! DU HÖRST DICH AN WIE EIN BLÖKENDES SCHAF!
HÖR AUF, AKAMATSU! ER WAR NUR ÜBERRASCHT, DASS WIR KEIN PÄRCHEN SIND UND DA HAB ICH IHN GEFRAGT, WAS BEI EUCH LOS IST!
KRITT
IS MIR SCHEISSEGAL! WARUM ZUR HÖLLE SAGST DU DAS JEMANDEM, DEN DU NICHT MAL KENNST?! ICH KANN AUCH DEINE BLÖDEN GEHEIMNISSE AUSPACKEN, WENN DU WILLST! DU PENNER!
AAAAGH!
UND DU ERST! WENN ICH NICHT DABEI BIN, BRAUCHST DU AUCH KEINE FRAGEN ÜBER MICH ZU STELLEN!
KRITT
JAHA! NORMALERWEISE BOHR ICH JA AUCH NICHT NACH, WENN DU WAS NICHT SAGEN WILLST.
GNNNN
Seven, du bist ja übelst stark!
ABER IN DEM FALL WOLLTE ICH EINFACH WISSEN, WAS DA BEI EUCH LOS IST. VERSTEH DAS DOCH!
UND JETZT LASS ENDLICH DEINEN BRUDER LOS!

ICH GEH HEIM!
WARTE, NICHT! BLEIB HIER!
IHR SEHT EUCH SO ÄHNLICH.
SIND JA AUCH ZWILLINGE.
ABER ...
DU DENKST BESTIMMT, ER SEI DER KLÜGERE, ODER?
WOHER WEISST DU DAS?

WARUM SAGST DU MIR DAS AUCH NICHT, MANN?!
ICH BIN JA VOLL INS FETTNÄPFCHEN GETRETEN! SUPERTAKTLOS VON MIR!
SO GEHT DAS NICHT!
Du weißt doch nicht mal, wie man „Takt" buchstabiert!
DANN HÄTTEST DU DAS NUR FALSCH VERSTANDEN, DASS ICH DICH BEI MIR HAB EINZIEHEN LASSEN.
JA, KANN SEIN. ABER BEI DIR WÄR MIR DAS EGAL GEWESEN.
UND DAVON ABGESEHEN, WAR DEINE AKTION VORHIN JA WOHL VOLL DRÜBER!
JA, ICH HATTE 'NEN STEIFEN. VOLL SCHLIMM, EY!
ABER WAS DU DA GEBRACHT HAST, GEHT TROTZDEM NICHT KLAR!
ICH WEISS. ICH HATTE NUR SO LANG KEINEN STEIFEN SCHWANZ MEHR VOR MIR, DA HAB ICH OHNE NACHZUDENKEN EINFACH IN DEN ARBEITSMODUS GEWECHSELT. TUT MIR LEID.
WELCHEN ARBEITSMODUS DENN?
ÄH, ICH GEH DANN MAL, JA?
Ich glaub, das muss ich nicht hören.

TOLLE AUSSPRACHE WAR DAS. ECHT MAL!
SELBST SCHULD, WENN DU ALLES SO DIREKT ANSPRICHST.
...
EIN STREIT UNTER LIEBEN-DEN?
WIE DEM AUCH SEI, VON JETZT AN WERD ICH DEINEN SCHWANZ NIE MEHR OHNE DEINE ZUSTIMMUNG ANFASSEN.
DAS WAR FALSCH.
DER SCHLÜSSEL-ANHÄNGER IST ABER SÜSS, HE HE ...
DAVON MAL ABGE-SEHEN ...
WARUM SPRICHST DU NICHT MAL ORDENTLICH MIT DEINEN ELTERN?
WORÜBER?
ÜBER DICH SELBST, UND WARUM DU NICHT MEHR ZU IHNEN GEHST.
DARÜBER, WARUM DU ABGEHAUEN BIST.
DAS GEHT DICH GAR NICHTS AN!
OH DOCH, DAS TUT ES.
IMMERHIN WOHNEN WIR ZUSAMMEN.

EWIG KANN DAS JA AUCH NICHT SO WEITERGEHEN. DU BIST DOCH JETZT FAST MIT DER SCHULE FERTIG.
ACH, SHUSUKE? WENN DU DURST HAST, DA IST GERSTENTEE IM KÜHLSCHRANK.
ICH SAG JA NICHT, DU MUSST DICH MIT IHNEN VERSÖHNEN.
ABER ANSTATT GAR NICHT MIT IHNEN ZU REDEN, KÖNNTEST DU DOCH WENIGSTENS EINFACH MAL VORBEISCHAUEN.
HI, MUM?
WAS AUCH IMMER VORGEFALLEN IST, IM GRUNDE MACHEN SIE SICH NUR SORGEN UM DICH, GLAUBE ICH.
DU KENNST MEINE ELTERN DOCH ÜBERHAUPT NICHT.
WOHER WILLST DU DAS WISSEN?
STIMMT AUCH WIEDER.
DAS LÄSST SICH ÄNDERN. ICH KOMM EINFACH MIT!
WAS?
Seven Kanzaki meinte, er kommt mal vorbei.

ICH GEH MIT UND GEB DIR RÜCKENDECKUNG, FALLS ES BRENZLIG WIRD.
KOMM, DAS WIRD SCHON!
BIS DANN.
SAG BESCHEID, WENN DU WEISST, WANN IHR VORBEI-KOMMT.
IST JA NICHT MAL GESAGT, DASS ICH KOMME.
DANN KOMMT SEVEN WOHL OHNE DICH.

DU UND SEVEN, IHR SEID ECHT STARK.
...
SAG IHM BITTE NICHTS PRIVATES MEHR, OKAY?
JA, SORRY.
ABER DU HÄTTEST MAL SEINE REAKTION SEHEN SOLLEN!
Im Ernst?!
Verdammt!
Argh, ich hab's verkackt!
Was hab ich getan?
FUUUCK!
JETZT ÜBERTREIB NICHT!
DER HAT ZIG GESICHTER PRO SEKUNDE GEMACHT!
ICH WÜNSCHTE, DAS HÄTTEST DU SEHEN KÖNNEN.

UND DU BIST DIR SICHER, DASS DER IN ORDNUNG IST?
LUSTIGER TYP.
GUT.
JA, GLAUB SCHON.
HM?

WAS FÜR EIN TAG.
HAB SELBST MEINE SCHÜRF-WUNDEN VERGESSEN.
FWUPP
!
SCHLÄFST DU SCHON?
WARUM ...?

SAG BESCHEID, WENN DU BEREIT BIST, DEINE ELTERN ZU SEHEN, JA?
DAS IST DIR ECHT ERNST, ODER?
KLAR.
JEDE FAMILIE HAT JA IHRE EIGENEN PROBLEME UND ICH WILL MICH AUCH GAR NICHT EINMISCHEN, ...
... ABER JETZT, DA ICH DEINE MUTTER UND DEINEN BRUDER KENNE, FÄNDE ICH ES SCHADE, WENN IHR NICHT REDET.
WARUM DENN SCHADE?
NA, WEIL DU IHNEN OFFENBAR VIEL BEDEUTEST! DIE KOMMEN JA STÄNDIG VORBEI UND SCHAUEN NACH DIR.
OBWOHL DU SO JEMANDEN HAST, ...
... LÄSST DU SIE NICHT AN DICH RAN. DAS IST DOCH IRGENDWIE ...
... UNFAIR.
NICHT, DASS ICH JETZT AUF DIE TRÄNENDRÜSE DRÜCKEN WILL ODER SO, ABER ICH HAB MEINE ELTERN VON HEUTE AUF MORGEN VERLOREN.
ES KAM SO PLÖTZLICH, DASS ICH MICH NICHT MAL VERABSCHIEDEN KONNTE.
SIE WAREN EINFACH WEG. KEINE CHANCE.

„HÄTTE ICH MIR NICHT DIESE BLÖDEN ROLLERSKATES GEWÜNSCHT, DANN WÄREN SIE VIELLEICHT NOCH AM LEBEN!“ DER GEDANKE HAT MICH EWIG GEQUÄLT.
NATÜRLICH HATTE DAS NICHTS DAMIT ZU TUN.
ABER AUCH HEUTE NOCH WERFE ICH MIR DAS MANCHMAL VOR.
WEIL ICH SO GERN NOCH MAL MIT IHNEN REDEN WÜRDE.
HEULST DU?
ALS OB!
JEDENFALLS, OB DU IHNEN VORWÜRFE MACHST ODER IHNEN DANKST, IST EGAL. HAUPTSACHE, DU REDEST MIT IHNEN, SOLANGE SIE NOCH DA SIND.
UND WENN DU'S NUR DIR ZULIEBE TUST.

JETZT KENNST DU AUCH MEIN GEHEIMNIS.
WIR SIND QUITT.
WO DAS HERKAM, SIND BESTIMMT NOCH MEHR, ODER?
IM KLAR-TEXT:
ICH WEISS NOCH GENAUSO WENIG ÜBER DICH WIE ÜBER MICH SELBST.
前乗り 先払い

DOCH SELBST, WENN MAN DEN BUS VERPASST, MUSS MAN TROTZDEM IRGENDWIE ANS ZIEL KOMMEN. ES BLEIBT EINEM JA NICHTS ANDERES ÜBRIG.
もれなく
車内事故防止に
お客さまのご協力をお願い致します
SKR
SCH
WOW, WAS FÜR EINE PRACHT-HÜTTE!

UND DAS HAST DU FREIWILLIG ALLES AUFGEGEBEN?
DIR WÜRDEN DOCH PRAKTISCH ALLE TÜREN OFFENSTEHEN.
KÜMMER DICH MAL UM DEIN EIGENES LEBEN, ALTER.
JAJA.
DESHALB BIN ICH JA HIER.
ZPP

DU BIST DOCH KEIN SCHULDEN-EINTREIBER!
PAMM
ANGRIFF!
WO... WOLLEN WIR ...?
OH!
KRK
OH, HALLO, AISUKE.
Maaau! Maaau!
KLÖTI NR. 2?! WAS IST PASSIERT ?!
Maau!
WEISST DU, ES WAR AN DER ZEIT, UNSEREN KLÖTI ZU KASTRIEREN. VIELLEICHT SOLLTEN WIR IHN UMTAUFEN? ♡
WAAAS?! MEIN KLEINES FELLKNÄUL HAT KEINE KLÖTEN MEHR?! WAHAA!
Maaau!
Ich hab dich so vermisst!
IST DAS ... DEREN RUNNING GAG?
VIELLEICHT NENNEN WIR DICH JETZT EINFACH SCHWÄNZ-CHEN.

PAPA IST IM WOHNZIMMER.
Mau!
FÜHL DICH BITTE WIE ZUHAUSE, SEVEN.
DANKE.
SIEH DOCH, PAPA!
WELCH SELTENER BESUCH!
JA. NA UND?
FLAPP

ICH MUSS DIR ...
... WAS SAGEN.
HEIRATEST DU DEN KERL IN DEM LÄCHERLICHEN HEMD?
NEIN, DAS IST NUR EIN KUMPEL.
SST
SHUSUKE, HILF MIR IM GARTEN.
ÄH, OKAY.
ALSO HÖR MAL, SCHATZ ...
NJPW

DAD, ICH WEISS, ...
... DASS DU MIT LEUTEN WIE MIR NICHTS ANFANGEN KANNST.
ICH MUSS AUCH MIT MIR SELBST NOCH VIELES AUSMACHEN.
ABER ...
... ICH WERD MICH BEMÜHEN, ...
... DASS DU TROTZDEM STOLZ AUF MICH SEIN KANNST.
MUM, DAD, SHUSUKE ...
... KLÖTI NR. 1 UND AUCH KLÖTI NR. 2 ...
DANKE, DASS IHR MICH ...
... BIS JETZT UNTER-STÜTZT HABT.

EIN BISSCHEN ...
... WERDET IHR ES ...
... NOCH MIT MIR AUSHALTEN MÜSSEN.
BIS DAHIN HOFFE ICH, DASS WIR UNS IRGENDWIE VERSTEHEN.

SETZ DICH DOCH ZU UNS, AISUKE.
PAPA IST LOS, WEIL ER NOCH STEINE FÜR DEN GARTEN KAUFEN WOLLTE.
ICH GLAUBE, ER IST NUR ZUM BAUMARKT, UM SICH AUSZU-WEINEN.
ES WIRD NICHT VON HEUTE AUF MORGEN PASSIEREN, ABER ES WAR ZUMINDEST EIN ANFANG, ODER?
JA, MANN! ICH WAR ECHT BAFF!
Hab voll mit dir mitgefiebert!
NUN, DA DAS GEKLÄRT IST, KANNST DU JA WIEDER ZU UNS ZIEHEN.
SORRY, MUM, ABER ICH BLEIB NOCH 'NE WEILE IN DER ANDEREN WOHNUNG.
HAB DEM DA VERSPROCHEN, DASS ER DREI MONATE DORT WOHNEN KANN. SO LANG BLEIB ICH NOCH DORT.
ICH ARBEITE DOCH MEHR, ICH KANN MIR JETZT AUCH DAS WOHNHEIM LEISTEN.
MACH DIR UM MICH KEINE SORGEN!
TROTZDEM!

ES WIRD ETWAS DAUERN, ABER ICH WERD EUCH DIE MIETE FÜR DIE DREI MONATE ZURÜCK-ZAHLEN.
BIS AUF DEN LETZTEN YEN.
ALSO BITTE LASST MICH NOCH DREI MONATE DORT WOHNEN.
OKAY. DAS SCHLIMMSTE WÄRE ÜBER-STANDEN.
SSSST
WO WIR SCHON MAL HIER SIND, NEHM ICH NOCH EIN PAAR SACHEN MIT.

FALLS DU WAS BRAUCHBARES FINDEST, PACK'S EINFACH EIN.
SOCKEN ... NICE! MEINE SIND SCHON VOLL LÖCHRIG.
BIST DU DIR WIRKLICH SICHER?
WAS MEINST DU?
DAS MIT DER WOHNUNG.
JA.
DU HAST DORT DOCH AUCH MEHR FREIHEITEN UND DAS ESSEN SCHMECKT BESSER.
Passt der dir?
AUSSERDEM KANNST DU SO KOHLE AN-SPAREN.
DAS WILLST DU DOCH NICHT „FREIWILLIG ALLES AUFGEBEN", ODER?
GRINS

HMPF!
DU BIST ECHT EINFACH GESTRICKT.
SCHAU DICH MAL AN, ALTER.
MIR TUT DIE ANDERE WOHNUNG JA AUCH GUT.
NA SCHÖN, WENN DU MEINST.
DAS HÄTTEST DU HEUTE AUCH OHNE MICH GESCHAFFT, ODER?

ICH GLAUBE NICHT. IST SCHWER ZU SAGEN, ABER DASS DU DABEI WARST, HAT MIR SCHON MUT GEMACHT.
DANK DIR DACHTE ICH: „ICH MACH DAS JETZT EINFACH!“
UND: „WAS HAB ICH SCHON GROSS ZU VERLIEREN!“
JA. SO WAS IN DER ART HALT.

ALSO, ICH WOLLTE MAL NACHFRAGEN ...
DU KÖNNTEST DIR NICHT VORSTELLEN, DASS ZWISCHEN UNS ...
... MEHR WÄRE, ...
... ODER?
ALSO, NA JA ...
HM.
VERSTEHE.
EHRLICH GESAGT ...
MEINETWEGEN ...
... EIGENTLICH SCHON.

AISUKE! DU KANNST MEINEN PULLI AUCH MIT-NEHMEN!
BTAMM
DANN KÖNNT IHR EINEN AUF PARTNER-LOOK MACHEN!
OH.
BIN SCHON WIEDER VOLL UNGUT REIN-GEPLATZT, ODER?
NEIN! GANZ UND GAR NICHT!
MÖCHTEGERN-GANGSTER TRAGEN DOCH IMMER SO KOMISCHE SCHLABBRIGE PULLIS, ODER?
BELEIDIGE NIE EINEN MÖCHTEGERN-GANGSTER!

HIER SPRICHT EIGHT.
WAS WAR DAS FÜR EINER?
WAR VOLL DER ZUFALL, ABER DER SAH GANZ BRAUCHBAR AUS.
OBRIGADO!
HIER.
ICH DARF NICHTS ÜBERSTÜRZEN, SONST BEISST ER NICHT AN.
ABER ICH KRIEG DEN SCHON, KEINE SORGE.
WEHE, DU TREIBST DICH ZU VIEL RUM UND LÄSST DEN ENT-WISCHEN!
HA HA, WIRD NICHT VORKOMMEN. ICH GEB MEIN BESTES!
DIE LIEBE ARBEIT?

Kapitel 5 – Ende

Hallo, ich bin SHOOWA, Autor und Storyboard-Artist. Als ich dieses Projekt erstmals in den Raum geworfen habe, hätte ich nie gedacht, dass ich auch selbst in dem Umfang daran mitwirken würde. Okujima hat mir dann aber gut zugeredet und einer Kollaboration zugestimmt, und so kam es, dass wir nun gemeinsam an „Akamatsu & Seven" arbeiten. Dass jemand anderes meine Storyboards umsetzt, ist für mich eine Premiere. Jedes Mal, wenn Okujima ein Kapitel fertig gezeichnet hat, platze ich fast vor Vorfreude! Es ist so spannend zu sehen, wie er die Gesichter der Figuren interpretiert, wie es manchmal zu Missverständnissen kommt, die dann doch gut funktionieren, und wie süß und cool er die Charaktere darstellt. Es sind so viele unglaublich schöne Szenen entstanden, die mir wirklich am Herzen liegen. Dank ihm ist eine ganz fantastische Serie dabei herausgekommen!

Ein BL-Manga in seinem Stil macht einfach so viel Spaß! Ich hoffe, ihr genießt es genauso wie ich, und dass ihr die Geschichte unserer coolen Turteltäubchen noch bis zum Schluss verfolgt.

Danke, Okujima, dass Sie die beiden so charmant umgesetzt haben! Ohne Sie wäre das nicht möglich gewesen!

Dieses Projekt wird noch eine Weile andauern. Somit habe ich noch länger das Vergnügen, Zeit mit dem begnadeten Okujima, seinen Assistenten, meiner leicht verrückten Redaktion (die sich in Sachen Anhimmeln viel besser auskennt als ich) und zu guter Letzt natürlich auch mit euch allen, die unsere Kreation lesen (und kaufen!), zu verbringen.

Ich kann euch gar nicht genug danken! Habt tausend Dank und seid gespannt, wie's weitergeht!

DANKE SCHÖN!

SHOOWA

Danke, dass ihr „Akamatsu & Seven" gekauft habt! Die beiden scheinen sich immer näher und näher zu kommen, ich werde direkt selbst ganz nervös! Ich bin so was von bereit für die beiden! Im 2. Band wird's faustdick kommen, so viel kann ich euch verraten. Also seid schon mal gespannt und bis zum nächsten Mal!

WIE DAS COVER ENTSTAND
ARRRGH!
ONKEL, WIR HABEN KEIN WARMES WASSER MEHR!
DAS WIRD 'NEN TAG DAUERN. WARUM GEHT IHR NICHT INS ÖFFENTLICHE BAD? ICH ZAHL EUCH AUCH DEN EINTRITT.
AB INS
秋田湯
BADEHAUS!
SCHON COOL, ODER? SO ÖFFENTLICHE BÄDER HABEN ECHT EINEN GANZ EIGENEN CHARME.
PACKST DU DAS? WENN DU WIEDER 'NEN STEIFEN BEKOMMST, BRAUCHEN WIR EINEN PLAN!
ALTER, FÜR WIE NOTGEIL HÄLTST DU MICH? ALS OB ICH AN JEDEM ORT EINFACH SO 'NEN STÄNDER KRIEGEN WÜRDE!
IST JA NICHT SO, ALS WÜRDE DAS JEDES MAL PASSIEREN, WENN ICH MICH AUSZIEHE! ALSO KOMM MIR BLOSS NICHT BLÖD!
Ich werd's mir verkneifen!

HMM ...
HAAAH ...
ÄH, ENTSCHUL-DIGUNG.
ICH MACHE GERADE EINE FOTOSERIE ÜBER ÖFFENTLICHE BÄDER. WÄRE ES OKAY, WENN IHR AUF DEM FOTO MIT DRAUF SEID?
HÄ? WIR?
JA.
IHR ERSTES GEMEINSAMES FOTO.
GUCK! KEIN SCHLECHTES ANDENKEN, ODER?

Bonus – Ende

Präsentiert von SHOOWA

Aisuke Akamatsu

Charakterdesign - Skizzen

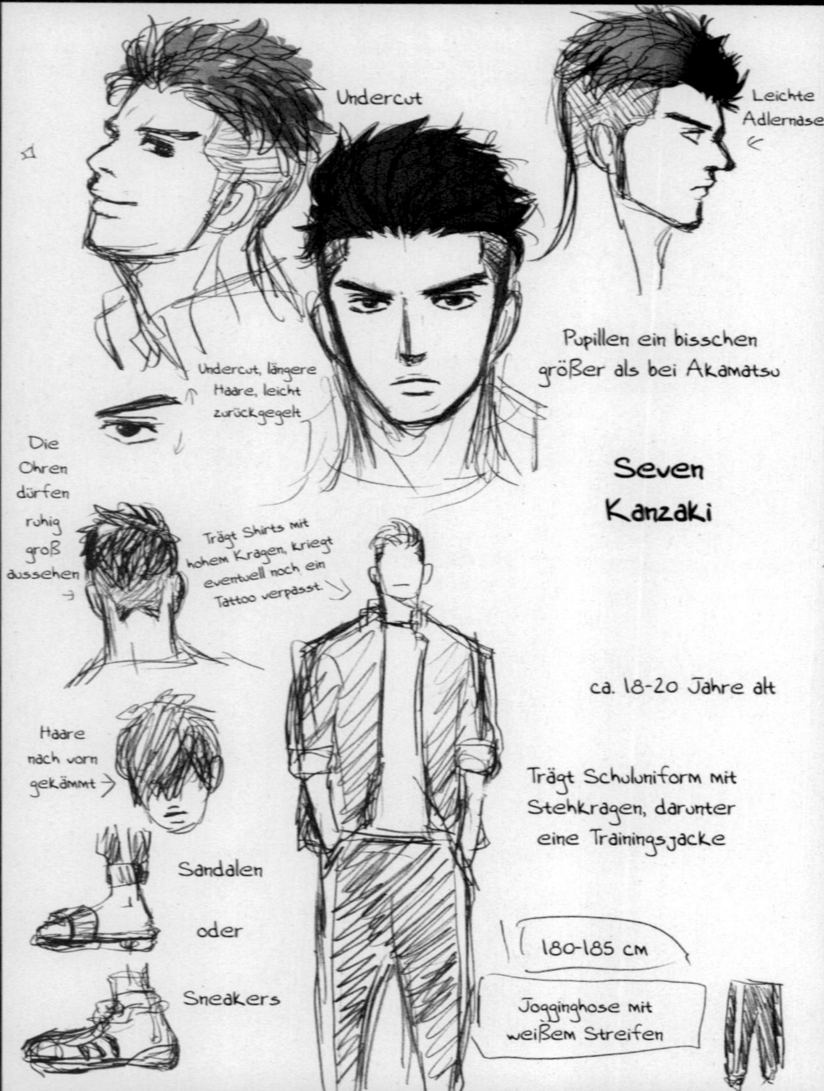

Seven Kanzaki

Band 1 – Ende

AKAMATSU & SEVEN

DOUSEI YANKEE AKAMATSU SEVEN Volume 1

First published in Japan in 2019 by AKITA PUBLISHING CO., LTD., Tokyo.
German translation rights in Germany, Austria, German-speaking Switzerland and Luxembourg arranged with AKITA PUBLISHING CO., LTD. through Tuttle-Mori Agency, Inc., Tokyo

Deutschsprachige Ausgabe / German Edition

CH-1007 Lausanne

Verlegt unter dem Label KAZÉ MANGA
durch Crunchyroll SA

Aus dem Japanischen von Gandalf Bartholomäus

Redaktion: Beatrice Tavares

Herstellung: Sonja Lesch

Lettering: STUDIO CHARON

Druck und Bindung: GGP Media GmbH, Pößneck

ISBN: 978-2-88951-360-4